어떤 해후

어떤 해후

지은이 | 류경희
발행인 | 신중현

초판 발행 | 2018년 10월 9일

펴낸곳 | 도서출판 학이사
출판등록 | 제25100-2005-28호

대구광역시 달서구 문화회관11안길 22-1(장동)
전화 _ (053) 554-3431, 3432 팩시밀리 _ (053) 554-3433
홈페이지 _ http://www.학이사.kr
이메일 _ hes3431@naver.com

이 도서의 국립중앙도서관 출판예정도서목록(CIP)은 서지정보유통지원시스템
홈페이지와 국가자료공동목록시스템(http://www.nl.go.kr/kolisnet)에서 이용
하실 수 있습니다.(CIP제어번호: CIP2018031257)

ISBN _ 979-11-5854-151-4 03810

어떤 해후

류경희 소설집

學而思 | 학이사

차례 _

생명

"마음에 묻으라고? 그럴 수가 없어. 내가 왜 이러는지…. 정말 아무것도 할 수 없어. 부탁해. 조금만 더 나를 그냥 내버려 둬. 시간이 필요해. 그냥 시간이 흘러가면 괜찮아질 거야."

상추는 뿌리째 뽑혀 단으로 묶여져 있었다.

은수는 오랜만에 들른 마트의 야채 코너에서 연한 잎이 싱싱한 상추를 보는 순간 거짓말처럼 왕성한 식욕을 느꼈다. 초원의 풀을 마구 뜯어 먹는 한 마리 배고픈 양처럼 물에 씻은 상추를 배가 부를 만큼 와작와작 뜯어 먹고 싶은 강렬한 욕구가 느껴졌다. 잘 다듬어진 상추였다면 아무리 쌓여 있어도 은수의 마음을 끌지 못했겠지만, 뿌리째 뽑혀 있는 상추는 달랐다. 뿌리에서 땅을 뚫고 올라온 강한 생명의 기운 같은 것이 은수의 마음에 그대로 느껴졌다. 상추를 얼굴 가까이 들어 올리자 뿌리에서 확 퍼지는 향기로운 흙냄새가 코끝을 스쳤다. 그 냄새는 오래 마음의 병을 앓았던 은수의 지친 몸과 마음에 생기를 불어넣어 주었다. 어느새 봄도 가고 그렇게 여름이 와 있었다. 은수는 상추를 먼저 바구니에 담고 짙은 초록빛이 여름나무 같은 오이며, 고추, 깻잎도 골라 담았다. 어느새 바구니가 싱싱한 채소로 한가득 찼다.

이젠 다 됐다 싶어 고개를 든 은수는, 마주 보이는 마트의 대형 유리에 비친 자신의 모습을 보고 조금 놀랐다. 주위를 지나다니는 사람들 거의가 짧은 반소매나 반바지에 슬리퍼 차림인데, 혼자 검정색 긴팔 셔츠에 긴 치마를 입고 있어서 막 수도원에서 걸어 나온 수도승 같은 모습이었던 것이다. 몇몇 사람들이 어리둥절한 표정으로 힐끗힐끗 은수의 옷차림새를 보면서 지나갔다. 은수는 낮게 한숨을 내쉬었다. 아무 생각 없이 집에서 입고 있던 그대로 나왔는데, 이제 보니 자신만이 계절을 상실한 채 지난 시간 속에 우두커니 서 있는 것이다. 은수는 그런 자신의 모습이 초라해서 입술을 잘근 깨물며 그만 고개를 숙여버렸다. 숙인 얼굴 위로 바구니에 담긴 상추의 쌉쌀한 향이 스쳤다.

뜨거운 여름 볕을 나무들이 가려 주었다. 무성한 초록 나무들 사이로 작은 새들이 지저귀며 날아다니고 있었다. 햇볕을 피해 나뭇가지로 날아든 새들은 이 가지에서 저 가지로 통통 튀듯 가볍게 날갯짓을 하며 날아다녔다.

마트에서 나온 은수는 걷고 싶은 마음에 일부러 아파트를 지나서 사람들이 별로 다니지 않는 산책로를 따라 걸었다. 봄날, 아름다운 꽃들로 찬란했을 벚나무들이 이제는 꽃 대신 그 풍성한 잎으로 시원한 그늘을 만들며 죽 늘어서 있는 산책로에는, 모자를 쓰거나 양산을 든 사람들이 부채질을 하며 드문드문 걷고 있었다. 새들의 지저귐을 들으며 천천히 걸어가는 은수의 머릿속으로 불현듯 박제 독수리가 떠올랐다.

더 이상 날지 못하는, 먼지만 쌓여가던 접은 두 날개와 굳게 닫힌 끝이 휘어진 뾰족한 긴 부리. 날카로운 발톱과 금방이라도 튀어나올 듯 번쩍거리며 박혀 있던 두 눈알이 어지럽게 머릿속을 맴돌았다. 은수는 생각을 털어내듯 머리를 가로저었지만 이미 박제 독수리와 함께 태영의 모습으로 머릿속이 가득 차버렸다.

"엄마, 독수리 좀 보세요! 너무 멋지지 않아요?"

태영은 죽기 몇 달 전, 미국으로 이민 가는 친구가 선물로 준 거라며 박제 독수리 한 마리를 갖고 와서 은수에게 자랑을 했었다. 사냥을 좋아하는 친구 아버지가 어렵게 구한 것이라고 했다. 은수는 금방이라도 살아서 자신을 향해 날아올 것 같은 그 눈빛이 너무 무서워, 박제 독수리를 보는 순간 어서 치우라고 소리쳤었다.

"아, 이게 무서우세요? 이건 죽은 건데, 죽은 독수리가 뭐가 무서우세요?"

태영은 은수가 무서워하는 것이 우습다는 듯 빙글빙글 웃으며 '진짜 살아서 날아갈 것 같은데.' 하면서 자신의 책장 위에 소중하게 올려두었었다.

은수는 태영이 독수리를 들고 오던 날, 왠지 불길한 생각이 들었다. 그것이 무엇 때문인지는 자신도 알 수 없었지만 박제된 독수리를 높이 쳐들며 날아가는 시늉을 하는 태영의 모습에서 이상하게도 섬뜩한 불길함을 느낀 것이다. 그런 자신에게 의아해하면서 그런 느낌이 단지 박제에 대한 거부와 편견에서 오는 선입견 때문일 거라고 생각했다.

태영이 어렸을 때, 유치원에서 자연탐험대공원에 간 적이 있었다. 은수는 그때 태영과 함께 박제된 여러 종류의 새들을 보았다. 새들은 꼭 살아있는 것처럼 나뭇가지나 둥지 앞에 앉혀진 채 전시되어 있었다.

"엄마, 저 새들은 왜 날지도 않고 노래하지도 않아?"

한참을 보고 있던 태영이 고개를 갸웃거리며 물었다.

"그건 죽은 새들이기 때문이지."

"근데 죽은 새들을 왜 저렇게 진짜같이 놔뒀어?"

"으응, 사람들이 새들을 잘 관찰할 수 있도록 도와주려고 그런 거야."

태영은 두 눈을 반짝반짝 빛내며 신기한 듯 새들을 관찰했다. 그러나 은수는 박제된 새들을 보고 있자니 이상하게 비위가 상하면서 구토가 날 것 같았다. 허상의 세계 속에 자신이 서 있는 느낌 때문이었다. 정말이지 이미 죽어버린 새가 내장 대신 솜 같은 것으로 속을 꽉 채운 채 꺼풀만 실물인 채로 존재하고 있는 박제는 혐오스러웠다. 박제는 한때 살아서 존재했던 생물에 대해 인간의 탐욕이 만들어낸 사물死物이라고 은수는 생각했다.

은수의 마음이 불안한 것과는 달리 태영은 독수리 때문에 늘 즐거워했고 신기해했다. 은수가 몸서리칠 정도로 박제 독수리를 싫어하는 것을 태영은 의아해하면서, '엄마, 모르셨죠? 독수리는 길조예요. 새 중의 왕이라고요.' 자랑스럽게 말하곤 했다. 태영의 크로키 장에는 무수한 독수리들이 각기 다른 모습으로 스케치 돼 있었고, 한 귀퉁이에는 스케치하면서 느낀 단상들을 메모해 두어서 태영이 독수리를 얼마나 아끼고 좋아했는지를 알 수 있었다. 태영은 죽기 바로 전 날에도 독수리를 스케치했고,

그 날은 긴 시를 메모해 두었다.

두 날개를 쫙 벌리고

발톱을 모두어

금방 날아오를 듯한 자세로

영원의 시공에서

멈추어 버린

박제의 독수리

야성의 부리도

욕망의 발톱도

지금은 한낱 장식,

원시의 새파란 하늘이 그리운 채

응접실 구석에 앉아

오늘은 기나긴 침묵이 되었구나.

너를 비웃을 수도

너를 찬미할 수도 없는

나도 갇힌 한낱 흉인

입만 남은 루우딘은 쓸쓸하고

자유는 화려한 날개이기에

박제가 된 시지프스는

기나긴 형벌의 정지된 시간 속에서

두 손 두 다리 모아 포복하고 있다.

- 문병란 〈박제의 독수리〉 중

　은수는 한 자 한 자 두 눈에 박아 넣듯 시를 읽다가 치밀어 오
르는 분노 때문에 크로키 장을 북북 찢어버렸다. 그리고 금방이
라도 접은 날개를 펴고 날아오를 것 같은 독수리의 날개를 잔인
할 정도로 갈기갈기 잘라 쓰레기통에 던져버렸다. 그리고 불행
의 근원이 박제 독수리이기라도 한 듯이 은수는 독수리를 짓밟
으며 증오했다.

　그렇게 참을 수 없는 증오가 가시자 다음에는 슬픔이 찾아와
은수의 온 마음을 적시기 시작했다.

　이제 막 잎을 피워 올리는 한 그루 푸르른 나무 같았던 태영.
건조한 성격의 은수에게 늘 웃음을 가져다주었던 착한 아들이었

다. 노력한 만큼 성적이 안 나와도 태영은 아무렇지도 않게 웃는 얼굴이었고, 그 때문에 괴로워하는 건 은수였다.

"엄마, 모르세요? 인생은 성적순이 아니라는 거요. 그만 화 푸세요. 다음에는 더 잘할게요!"

속상해하는 은수의 어깨를 토닥거리며 오히려 위로해 주던 아들이었다. 그럴 때마다 은수는 더 허탈해져서, 넌 속도 없니? 버럭 화를 냈지만 미안한 표정으로 웃고 있는 아들의 모습을 보노라면 그만 스르르 화가 풀어지곤 했다. 다른 도시에 있는 직장 때문에 한 달에 두세 번 겨우 집에 오는 남편을 대신해서 태영은 은수의 일상을 생기로 가득 채워주곤 했었다. 일요일이 되면 쇼핑이나 운동도 엄마가 원하면 언제나 함께할 만큼 다정한 아들이었다.

태영은 학교 야간 자습을 마치고 돌아오는 길에 자동차에 받혀 죽었다. 십칠 년도 채 살지 못한 짧은 생이었다.

사고를 낸 오십 대 중반의 남자는 대학에서 야간 강의를 마치고 돌아오는 길이었다고 했다. 남자는 너무 피곤해서 잠깐 조는 순간 사고가 났다고, 더구나 밤이었고, 검은색 교복을 입고 있어서 길을 건너는 사람을 알아볼 수 없었다고 솔직하게 진술했다. 그러면서 어떤 처분도 다 받겠다고 남자는 고개를 숙였다. 그런 남자의 멱살을 잡고 내 아들을 살려내라고 은수는 울부짖었다. 그러나 멱살이 잡힌 채 이리저리 흔들리면서 두려움에 떨고 있는 그 초췌한 남자가 할 수 있는 일은 아무것도 없었다. 다만 남자는 이 모든 일들이 꿈속에서 일어난 일이어서 감았던 눈을 뜨면 아무렇지도 않게 다시 일상의 평온 속으로 돌아갈 수 있기를. 오직 그 생각만이 남자의 마음속에서 물보라처럼 일었다 허망하게 스러지곤 했다.

되돌릴 수 없는 시간이 아닌가. 자신이 사람을 치어 죽였다는 사실을 안 순간 남자는 자신의 삶이 천 길 낭떠러지 밑으로 끝없이, 끝없이 곤두박질쳐 내려가는 것을 느낄 뿐이었다.

어릴 때 친할머니가 노환으로 오래 앓다 돌아가셨을 때도, 여고 때 아버지가 암으로 돌아가셨을 때도 은수는 냉정할 만큼 죽음이 슬프게 다가오지 않았다. 너무 담담해서 스스로도 이상할 정도였었다. 사람은 누구나 죽는 존재라는 것을 깨달았을 뿐이었다.

풀잎은 마르고 꽃은 시들어 그렇게 땅에 떨어지듯 인간도 때가 되면 시들어 떨어지는, 그런 연약하고 유한한 존재. 언젠가 자신에게도 죽음이 찾아온다면, 오래 떠났다가 제 집에 돌아온

방랑자를 맞듯 그렇게 연민과 동정으로 맞이하리라. 그리고 함께 여행을 떠나는 벗처럼 죽음과 함께 영원 속을 걸어가리라. 은수는 늘 그렇게 생각했었다. 그러나 그 죽음이 자신이 낳은 자식에게 먼저 찾아오는 것을 보자 견딜 수 없었다. 마음을 찢으며 통곡해도, 식음을 전폐하고 괴로워한다 할지라도 심지어는 자신의 생명을 내놓는다 할지라도 죽음은 다시 삶 가운데 아들을 내려놓지 않을 것이다. 그 사실에 은수는 절망했다.

죽음은 삶에서의 모든 관계를 빗자루로 마당을 쓸 듯 그렇게 깨끗하게 쓸어버리고 정리했다. 새벽마다 어깨를 두어 번 힘차게 돌리면서 집을 나서던 그 명랑하고 유쾌하던 태영의 뒷모습도, 환하던 얼굴 가득 넘치던 선량한 웃음도 다시는 볼 수 없게 거두어 가버렸다. 태영의 죽음은 은수에게서 일상의 행복을 다 빼앗아가 버렸다.

그날은 은수의 생일이기도 했었다.

회사에 하루 연차를 내고 집에 온 남편과 오랜만에 시내에서 영화를 보고, 외식을 하고 돌아와 여유롭게 차를 마시다가 연락을 받았다. 은수는 소식을 듣고 그 자리에 까무러쳤다. 눈을 떴을 때는 병원 응급실이었다. 믿을 수 없었다. 자신의 생일에 태영이 교통사고로 죽다니…. 은수는 자신을 저주했다. 살아있는 자신에게 분노가 치밀어서 견딜 수 없었다.

누구와도 연락을 끊고 홀로 집 안에 틀어 박혀 긴 잠을 잤다. 이상하게 잠이 쏟아졌다. 마음의 괴로움이 더할수록 몸은 자꾸만 가벼워져 공기가 내려앉아도 그 무게 때문에 잠이 쏟아질 지경이었다. 햇살이 집 안으로 새어들지 않도록 창문의 커튼을 굳게 닫은 채 은수는 소파에 누워 긴 잠을 잤다. 생활에 필요한 최소한의 물품들은 가까운 마트에 주문해서 공급받는 등 집밖을 나가지 않았다. 어느새 집은 은둔처가 돼 버렸다. 주말에나 집에 오는 남편은 은수의 끝도 없는 낙심에 그만 지쳐버렸고, 아내 보기가 점점 괴로워졌다. 아들을 잃은 괴로움보다 이제는 아내의 그 나날이 시들어가는 풀잎 같은 몸과 영혼이 마음을 더 힘들게 했다.

어쩌다 집에 오면 세탁기 안에는 빨지 않은 옷들이 쌓여 있고, 속옷을 갈아입으려고 보면 벗어놓은 걸 빨지 않아 갈아입을 것도 없고, 바지며 셔츠며 제대로 다림질 된 것이라곤 하나도 없었다. 겨울이 가고 봄이 왔는데 겨울옷은 하나도 정리되어 있지 않아 장롱을 뒤지며 그 스스로 봄옷을 챙겨 가야 했다. 늦은 시간 집에 도착해서 배가 고파도 먹을 만한 음식은 아무것도 없었다.

그래서 음식점에서 음식을 시켜서 먹어야 할 때 그는 정말 서글프고 화가 났다.

"정신 좀 차려! 언제까지 이렇게 살 거야? 정말 나도 지쳐!"

어느 날, 그는 소파에 누워서 잠들어 있는 은수를 흔들어 깨우며 소리쳤다.

그가 신경질을 내며 소리치자 그제야 은수는 살아서 꿈틀대는 한 마리 곤충처럼 느릿느릿 잠에서 깨어나 공허한 눈빛으로 그의 얼굴을 처다봤다.

"제발, 이젠 그만 마음에 묻어버려!"

그는 은수의 여윈 어깨를 흔들며 소리쳤다.

은수는 남편의 얼굴을 망연히 처다보았다. 그리고 천천히 슬픈 목소리로 말했다.

"마음에 묻으라고? 그럴 수가 없어. 내가 왜 이러는지…. 정말 아무것도 할 수 없어. 부탁해. 조금만 더 나를 그냥 내버려 둬. 시간이 필요해. 그냥 시간이 흘러가면 괜찮아질 거야."

눈물을 흘리며 말하는 은수의 얼굴을 보자 그 역시도 눈물이 흘렀다. 그리고 아들을 잃은 아비의 심정으로 돌아가 더 이상 은수에게 무슨 말도 할 수 없었다. 은수나 그나 똑같은 상황이다. 둘 다 사랑하는 아들을 잃은 것이다. 은수의 슬픔을 탓하고 있는 자신이야말로 정말 냉정하고 야비한 인간일지 모른다는 생각이 들었다. 그가 현실적인 일로 아들에 대한 슬픔을 잊고 있을 때, 그러면서 은수의 슬픔을 불평하고 있을 때 은수는 아들을 잃은 자신의 몫까지 함께 슬퍼해 주고 있었던 것이 아닌가. 그런 생각이 들자 그는 은수가 한없이 가엾게 여겨져 은수의 초췌한 이마에 살며시 자신의 이마를 갖다 대며 말했다.

"그래, 당신 말이 맞아. 시간이 필요하겠지. 슬픔을 이길 수 있는…. 앞으로 나는 집에 오지 않을 거야. 대신 당신의 슬픔이 걷히면 내가 있는 곳으로 당신이 와줘. 그리고 그곳에서 우리 다시 시작해. 당신이 올 때까지 기다릴게."

분노와 낙심 가운데 겨울을 보내고, 봄을 보내고, 여름을 맞이했다. 여름이 되자 끝도 없을 것 같던 은수의 슬픔도 서서히 걷혀갔고, 공기처럼 가벼운 깊은 잠 속으로 빠져드는 일도 조금씩 줄어들게 되었다. 어느 날, 은수는 잠에서 깨어나 거실의 커튼 사이로 고개를 내밀고 살며시 밖을 내다보았다. 그러자 바라보이는 야산에 초록의 나무들이 무성하게 차 있었고, 하늘엔 솜털 같은 구름들이 둥둥 떠다니고 있었다. 은수는 순간, 거실에 무겁게 드리워진 커튼을 양 옆으로 확 열어젖히고 베란다로 걸어 나가 창문을 활짝 열었다. 실내에 꽉 차 있던 칙칙하고 무거운 공기들이 슬슬 빠져나가고, 대신 시원한 바깥바람이 솔솔 불어와 눈을 감은 은수의 얼굴을 부드럽게 스쳤다. 그러자 은수는 문득 사람들 속에 섞이고 싶다는 욕구가 느껴졌다. 은수의 이런 변화는 시간의 힘이었다. 이 시간의 힘에 밀려 은수는 오늘 마트에 갈 수 있는 용기를 얻었다.

산책로를 걷는 사람들이 이따금 은수의 얼굴을 힐끗힐끗 쳐다보며 걸어갔다. 철에 맞지 않게 옷을 입은 데다 생각에 골몰한 채 걸어가는 은수의 지나치게 창백한 얼굴이 어디가 아파 보였기 때문이다. 장바구니를 들고 걸어가고 있는 은수의 머리 위로 새들이 지저귀며 포르릉 포르릉 날아다녔다. 더운 날씨에 긴 팔 셔츠, 긴 치마를 입은 은수는 마치 옷에 휘둘리는 듯한 모습으로 휘청휘청 걷고 있었다. 한참을 걷다보니 얼굴에 땀이 흘러내려 은수는 손바닥으로 연신 닦아냈다. 오랜만의 외출은 은수의 몸이 그동안 얼마나 약해졌는지를 단박에 느끼게 했다. 은수는 어서 집에 가서 샤워를 하고, 가벼운 옷으로 갈아입고 싶었다.

엘리베이터에서 내리자 계단을 닦던 청소부 여자가 은수를 보고는 벽 쪽으로 슬며시 비켜서면서 땀에 젖은 얼굴을 한 손으로 닦았다. 더러운 걸레를 들고 서 있는 여자는 배고프고 지쳐 보였다. 벽에 거꾸로 세워 놓은 때 절은 밀대가 마구 헝클어진 머리카락처럼 무겁고 답답해 보였다. 온종일 무거운 밀대와 걸레를 들고 다니며 복도와 계단을 청소하는 여자는 노동의 대가로 얼마를 받는 걸까, 은수는 언뜻 그런 생각이 들었다. 계단 끝에 박혀 있는 도금이 된 쇠붙이가 반짝반짝 윤이 나도록 닦여있다. 매일 힘들게 닦아도 사람들의 발끝에서 더러운 것들이 묻어나와 다시금 더러워지는, 어쩌면 허무해 보이는 그 청소를 날마다 되풀이하는 여자의 노동이 갑자기 은수의 마음에 무겁게 다가왔다.

"힘드시죠?"

은수는 계단을 올라가려다 멈춘 채 말했다. 대답 대신 다시 이마의 땀을 닦는 여자의 시선이 장바구니 속에 든 상추에 고정되었다.

"점심 드셨어요?"

문득 은수의 입에서 생각지도 않았던 말이 툭 튀어나왔다. 순간 여자의 주름진 얼굴이 살짝 펴지는 듯 했다. 상추가 먹고 싶었던 것이다. 여자는 점점 더워지자 밥맛이 없어져 점심은 거의 굶다시피 했다. 그런데 은수가 들고 있는 장바구니 속에 든 상추를 보는 순간 입 안 가득 쓰면서도 향긋한 상추의 맛이 느껴져 여자는 잃었던 식욕을 다시 느꼈다. '상추 위에 밥을 얹고, 잔파 송송 썰어 넣은 된장을 얹어 쌈을 싸먹으면 얼마나 맛있을까.' 여자의 입 안에 침이 고였다. 바구니 속의 상추를 바라보는 여자의 눈길에 잊고 있던 배고픔이 따라왔다.

"식사 안 하셨으면 저랑 같이 하시겠어요?"

그런 여자의 눈길을 바라보던 은수의 입에서 전혀 예상하지 못했던 말이 툭 튀어나왔다. 그렇게 말해 놓고 은수 자신도 깜짝 놀랐다.

은수의 뜻밖의 말에 여자는 조금 쑥스러운 듯 그러나 좋은 기분을 주름진 입가에 숨김없이 드러내면서 정말 그렇게 해도 되는지를 되물었다. 은수가 정말 괜찮다고 하자 여자는 들고 있던 걸레를 슬그머니 물통에 담그며 앞치마에 손을 닦았다. 은수는 전혀 예기치 않은 일을 스스로 만들어놓고는 속으로 낮게 숨을 내쉬었다. 태영의 죽음 이후 그 누구에게도 마음의 문을 열지 못하고 굳게 걸어 잠근 채 지내왔다. 그런데 이 낯선 청소부 여자에게 스스럼없이 식사를 같이 하자고 한 것이다. 눈길 때문이었다. 상추를 바라보던 여자의 허기져 보이던 그 눈길.

"자, 들어가세요."

은수는 현관 문 앞에서 약간 머뭇거리는 여자의 등을 안으로 살며시 밀었다. 여자는 은수의 손길에 떠밀리듯 실내로 들어섰다. 대낮의 밝은 빛이 유리문으로 쏟아져 들어와 실내가 환했다.

"잠깐만 기다리세요. 상추 씻어서 식사해요. 상추 좋아하세요?"

식탁에 여자를 앉게 하고 시원한 물을 내놓으면서 은수가 말했다. 그리고 여자가 뭐라고 대답을 하기 전에 날씨가 너무 덥지 않으냐, 집을 오래 청소하지 않아서 지저분하니 이해하라는 등 혼자 말들을 마구 쏟아냈다. 잊고 있었던 일상의 언어들이 갑자기 빛을 발하면서 은수의 입에서 반짝반짝 튀어나왔다. 얼마나 오랜만에 마주 대하는 사람인가. 완전히 타인인 이 청소부 여자를 대하면서 그제야 은수는 자신이 파닥파닥 살아 숨 쉬고 있다는 것을 느꼈다. 은수는 여자가 조금이라도 편하게 자신의 집에서 쉬었다 가길 바랐다. 여자의 검게 그을리고 주름진 얼굴 위로 고단한 삶의 흔적들이 깊이 패여 있었다. 은수의 말이 끝나길 기다렸다가 여자가 말했다.

"장바구니에 든 상추를 보는데 염치없이 얼마나 먹고 싶던지…. 요즘 통 밥맛도 없고 그랬는데, 정말 고마워요."

여자의 목소리에 진심이 묻어 나왔다. 은수는 아니라고, 자기도 혼자여서 밥맛이 통 없었는데 모처럼 함께 밥 먹을 사람이 있어서 참 좋다고, 그렇게 말하면서 장바구니에 든 상추를 싱크대에 끄집어냈다. 상추의 향이 코끝에 스쳤다. 흙 묻은 뿌리는 잘라내고, 야들야들한 상추 잎은 대충 다듬어 한 잎 한 잎 깨끗이 씻어 소쿠리에 담아 물기를 뺐다. 그리고 냉장고 냉동 칸에 넣어두고 오래 잊고 있었던, 얼어있는 마늘과 고추를 썰어 된장에 넣고 참기름을 부어 쌈장을 만들었다. 주방은 모처럼 사람 사는 집처럼 단번에 고소한 참기름 냄새가 진동했다.

은수는 싱싱하고 연한 잎이 살짝 물기를 머금은 상추를 큰 접시에 가득 담고, 고추와 오이를 곁들여서 식탁을 차렸다. 초록색 싱그러운 식탁이 한눈에도 푸짐했다.

"세상에, 점심 식사를 이렇게 푸짐하게 할 줄은 꿈에도 몰랐네."

여자는 감탄하며 파릇파릇한 상추를 집었다.

"고기가 없어서 좀 그렇죠? 정말 풀밭이네요."

은수는 온통 초록빛인 식탁이 정말 풀밭 같다고 생각했다. 편히 쉴 만한 풀밭.

"원래 고기보다 채소를 좋아해요. 예전에 마당 있는 집에서 살

때는 마당 한 쪽에 텃밭을 만들어 철 따라 나는 채소들을 늘 뜯어먹고 살아온 걸."

여자는 된장을 얹어 둥글게 싼 상추를 막 입에 넣으면서 말했다. 은수는 친정엄마와 식사하는 것 같아서 무척 여자가 편하게 생각되었다. 문득 은수는 '넌 고기도 없이 무슨 맛으로 상추를 싸 먹니?' 하시던 엄마의 말이 생각났다. 고기 없이 상추에 밥 싸서 먹는 것을 은수는 좋아했다. 그래야 상추의 쌉쌀한 맛과 향을 충분히 느끼며 먹을 수 있기 때문이다.

은수는 여자와 함께 입이 미어지도록 상추쌈을 싸서 먹었다. 입안에 싱그러운 상추의 향이 배였다. 고추와 오이도 아삭아삭 소리가 나도록 씹어 먹었다. 모처럼 배가 부를 만큼 밥을 먹었다. 처음 보는 낯선 청소부 여자와 함께 이렇게 편하게, 아무렇지도 않게 밥을 먹을 수 있다는 사실이 은수는 신기했다. 여자는 정말 맛있게 쌈을 싸서 먹었고 은수 역시 맛있게 먹었다. 타인과 함께 이토록 유쾌하게 점심식사를 할 수 있다니, 은수는 스스로도 놀라울 뿐이었다.

"아, 정말 모처럼 맛있게 점심을 먹었네. 고마워요."

작은 소쿠리 가득 담겨 있던 상추를 두 사람이 다 나눠 먹은 뒤 여자가 말했다. 초원에서 풀을 뜯는 양들처럼 두 사람은 상추를 한 잎도 남김없이 다 먹어치웠다. 은수는 허기져 보이던 눈길 대신 이제는 포만감으로 넉넉해 보이는 여자의 얼굴에서 잠시 고단한 시간이 비켜 서 있는 것을 느꼈다.

그릇들을 치우면서 커피에 얼음을 넣어서 드릴까요? 묻는 은수에게 괜찮다고, 여름에도 뜨거운 커피가 좋다고 여자는 조금 겸연쩍게 웃으면서 말했다. 은수는 인스턴트커피가 든 찻잔에 끓는 물을 부어 여자 앞에 내놓았다. 커피의 달콤한 향이 순식간에 식탁 주위에 퍼졌다. 은수는 여자와 마주 앉아 커피를 마셨다. 더운 날, 조금씩 입으로 불며 마시는 뜨거운 커피는 왠지 느긋한 여유를 느끼게 했다.

"청소하는 거 힘들지 않으세요?"

은수가 물었다. 여자는 주름투성이 얼굴로 쓸쓸하게 웃었다. 그리고 자신이 정말 힘든 건 청소가 아니라 아들 때문이라고 말했다. 은수가 실례가 안 된다면 왜 그런지 그 이유를 알고 싶다고 말하자 여자는 잠시 망설이는 듯했지만 곧 담담한 목소리로 아들 이야기를 했다.

아침에 집에서 나올 때 여자는 아들 때문에 속이 많이 상했었다. 아들은 그 많은 세상의 아가씨들 중에서 하필이면 다리 저는

26

아가씨와 결혼하겠다고 했다. 유복자로 키운 아들이어서 여자에게는 금쪽같았다. 그런데 소아마비로 걸을 때마다 다리를 절룩거리는 그런 아가씨와 결혼하겠다니…. 대학을 나온 아들이 그렇게 취업하기가 힘들다는 요즘, 지역에서는 꽤 반듯한 전자 회사에 취업해서 출근하는 것을 볼 때마다 여자는 남편 없이 힘들게 살아 온 삶이 보상을 받는 것 같아 뿌듯한 날들이었다. 그런데 뜬금없이 결혼이라니, 더구나 절름발이 아가씨와. 여자는 아들에게 그럴 수는 없다고 못 박듯이 단호하게 말했지만 아들은 이미 그 아가씨에게 마음을 다 뺏겨버렸다.

그 아가씨는 아들의 회사에서 멀지 않는 곳에 있는 구립 도서관의 사서로 일하고 있었다. 우연히 책을 빌리러 갔다가 책상 위에 쌓인 책을 정리하고 있던 그 아가씨에게 한눈에 반한 아들은, 아가씨가 다리 저는 것은 전혀 개의치 않았고, 오히려 자신이 아가씨에게 거부당할까 두려워했다. 그러나 누가 봐도 모범적인 아들을 아가씨가 싫어할 리 없었다. 두 사람은 금방 연인이 되었고, 아들은 곧 결혼할 거라고 어머니에게 선언했다. 여자는 안 된다고 반대했지만 아들은 어머니의 말을 듣지 않았다. 여자의 뿌듯했던 날들은 어느새 쓰레기통에 구겨 넣은 종이처럼 볼품없이져 버렸다.

"금쪽같이 키운 자식도 다 자라면 그렇게 혼자 자란 듯 부모 마음과는 영판 다른 딴 길로 가는 걸. 그걸 받아들이는 일이 참 힘들어서…."

여자의 주름진 눈가에 그늘이 졌다. 은수는 말없이 그런 여자의 눈을 바라보았다.

"그렇게 떠나가는 걸. 언제까지나 곁에 있을 거라고 착각을 하고 살았으니, 나도 참 바보 같지."

혼잣말처럼 내뱉는 여자의 목소리에 깊은 한숨이 스며있어 은수는 가슴이 아려왔다.

문득 태영의 얼굴이 떠올랐다. 그러자 죽을 만큼 고민하고 아파하더라도 아들이 살아있다면 그것만으로도 감사할 수 있을 거라는 생각이 들었다. 은수는 고개를 숙인 채 생각에 잠겨 있는 여자에게 힘들겠지만, 아들의 선택을 존중해 주라고 조심스럽게 말했다. 여자는 아무 말 없이 고개를 들어 은수의 얼굴을 바라보았다. 온전한 육신을 가진 며느리를 얻고 싶은 건 이 세상 모든 어머니들의 공통된 마음이다. 더구나 아들은 아비의 얼굴도 보지 못하고 자란 유복자가 아닌가. 그 사실만으로도 여자는 마음 깊은 곳에 가시가 박힌 듯 늘 아파하면서 살아왔는데, 그런 아들이 다리 저는 아가씨와 결혼한다면 아마 죽을 때까지 치유되지 않는 마음의 상처가 될 것이다.

"저는 지난겨울에 하나 뿐인 아들을 교통사고로 잃었어요."

은수의 말에 여자는 깜짝 놀랐다.

"그 아들이 얼마나 보고 싶은지 죽을 것 같았어요. 끔찍한 고통이었지요. 이제 겨우 그 고통에서 조금 벗어난 걸요."

천천히 말하는 은수의 목소리에 아픔이 묻어나왔다.

병색이 채 가시지 않은 은수의 창백한 얼굴이 무엇 때문인지 그제야 알게 된 여자는 마음속으로 자신의 가슴을 쳤다. 아들을 잃은 사람 앞에서 살아있는 아들 때문에 불평하다니. 여자는 은수에게 정말 미안했다.

"그런 줄도 모르고 아, 너무 미안해요!"

그렇게 말하는 여자의 선한 눈에 눈물이 맺혔다.

"아니에요. 그냥 아주머니께 조금은 위로가 될 것 같아서 말씀드린 거예요."

여자의 눈물 맺힌 눈을 보면서 은수가 오히려 미안해했다. 여자는 마음속으로 어떤 서늘한 회한 같은 것이 스쳐 지나가는 것을 느꼈다.

갑자기 사방이 고요해지는 것 같은 느낌 때문에 은수와 여자는 말없이 남은 커피를 마저 마셨다. 커피 잔을 놓으면서 여자는 벽에 걸린 시계를 보고는 다급하게 자리에서 일어났다. 배정된 점심시간보다 30분이나 더 지나있었다. 모처럼 타인이 베푼, 너무나 친절한 점심식사를 하고 마음에 담아 둔 이야기를 풀어놓다 보니 시간 가는 줄 몰랐다. 관리실에서 알면 잔소리를 듣게 될 것이다. 아직도 청소해야 할 곳이 많이 남아 있다.

은수는 자리에서 일어나는 여자에게 아쉽다고, 다음에 더 이야기를 할 수 있다면 좋겠다고 말했다. 여자는 그런 은수에게 보일 듯 말 듯 여린 웃음을 지으며, 상추쌈 정말 맛있게 먹었다고 진심으로 감사했다. 잠시 만나 한 끼 식사를 함께했을 뿐인데 두 사람은 마치 아주 오래전부터 아는 사이인 것처럼 서로에게 친밀함을 느꼈다.

"아드님께서는 행복하게 살 거예요, 걱정하지 마세요."

현관문을 나서는 여자의 등 뒤에다 은수는 나지막이 속삭였다. 여자는 슬쩍 뒤를 한번 돌아보고는 그래야지, 하는 듯이 고개를 끄덕이며 급하게 계단을 내려갔다. 은수는 계단을 내려가는 여자의 뒷모습을 보면서 문득 무릎과 무릎 사이, 약간 벌어지고 휘어진 여자의 다리 사이로 수많은 시간들이 그렇게 쓸쓸하게 지나갔음을 느꼈다.

신문을 가져오려고 현관문을 여는데 문 바깥쪽에 뭔가 묵직한 무게가 느껴졌다. 은수는 신문을 집으면서 현관 문고리를 슬쩍 쳐다보았다. 거기에 토마토 주스 병이 들어 있는 하얀 비닐봉지 하나가 대롱대롱 매달려 있었다. '누가 놔둔 걸까?' 은수는 문고리에서 비닐봉지를 벗겨 안으로 갖고 들어왔다.

신문을 거실 바닥에 던져놓고 은수는 하얀 비닐 속의 붉은 토마토 주스 병을 끄집어냈다. 비싼 유기농 주스였다. 은수는 주스 병에 손을 얹은 채 비닐 속을 살펴보았다. 흰 종이쪽지 하나가 들어 있었다. 한눈에도 누군가 대신 쓴 것 같은 반듯반듯하게 정리된 글씨였다.

상추쌈 너무 잘 먹었어요
벨을 눌렀는데 기척이 없어서 그냥 문고리에 걸어놓고 가요
너무 약해 보이던데 많이 먹고 건강해요
정말 고마웠어요.

은수는 그만 눈시울이 뜨거워졌다. 점심 때 여자가 돌아가고 나서 은수는 깊은 잠 속에 빠져들었다. 그 잠은 어제까지 고통 속에서 자던 잠이 아니라 배가 부른 포만감에서 오는 달콤한 잠이었다. 참으로 모처럼 다디단 낮잠을 잤다. 그러고 보니 어렴풋

이 벨소리가 들린 것도 같다. 그러나 그것은 꿈결 속에서 들려오는 것 같이 아득해서 은수는 잠 속에 더 깊이 빠져들었었다. 은수는 여자의 마음이 너무 고마웠다. 자신이야말로 여자 때문에 참으로 오랜만에 행복한 식사를 할 수 있었고, 마음속의 고통이 많이 걷히는 것을 느낄 수 있었다.

토마토 주스 병을 냉장고 안에 넣으면서 은수는 문득 남편이 생각났다. '슬픔이 걷히면 내가 있는 쪽으로 와줘.' 하던. 은수는 그동안 자신의 슬픔과 고통에 갇혀 남편을 잊고 살았다. 남편은 그런 은수에게 간간이 전화로 안부를 물어왔을 뿐, 채근하지 않았다. 은수는 이제 남편이 있는 곳으로 돌아가야겠다는 생각이 들었다.

그때 거실에서 전화벨이 울렸다. 전화를 받으러 가는 은수의 마음속에 나뭇가지를 이리저리 통통거리며 튀어 오르던 작고 귀여운 새들이 일제히 푸르른 하늘을 향해 푸르르 날아오르고 있었다.

안개 속에서

그녀는 아무도 없는 버스에서 내려 자욱한 안개
속을 걸어 들어갔다. 축축하고 차가운 밤안개가
온몸을 감쌌다.

그녀가 걸을 때마다 바싹 마른 낙엽들이 발에 밟히는 소리가 났다. 그 소리들은 어릴 적 아이들이 없는 골목 안을 심심하게 서성대며 먹곤 하던, 큰 버석 과자를 이로 깨물면 나는 소리와 닮았다. 그녀는 발끝으로 커다란 낙엽들을 일부러 툭, 툭 걷어차기도 하고 밟기도 하면서 천천히 집을 향해 걸어갔다. 서걱서걱, 부스럭부스럭, 버석버석, 나뭇잎들은 발에 밟힐 때마다 비슷하지만 저마다 다른 소리를 내며 그렇게 쓸쓸하게 그녀의 발밑에서 밟히고 부서졌다. 오른손으로만 들고 가던 가방이 무거워 그녀는 걸어가면서 반대편으로 가방을 옮겨 들었다. 하루 치의 노동이 가방 안에 고스란히 들어있다. 열심히 가르쳐도 아이들의 작문 실력은 거의 표시 나지 않을 정도로만 늘고, 그 때문에 애를 태우는 건 아이들보다 그 어머니들이었다. 조급해 하는 여자들을 보면 늘 부담 때문에 '이 일을 계속해야 하나, 곧 그만 둬야지.' 하면서도 그녀는 벌써 몇 년째 방문수업으로 아이들의 글쓰기를 지도해오고 있었다.

아파트 현관에 들어서자 어두운 적막감이 느껴졌다. 그녀는 현관 앞에 잠시 서서 아무도 없는 어둡고 텅 빈 입구를 바라보았다. 참 적막하다. 그녀는 이 적막함이 좋다. 종일 아이들을 대하다 보면 이런 고요함이 그리워지고 좋은 것이다. 신발을 벗고, 실내에 들어서서 벽을 더듬어 실내등 스위치를 켰다. 일순간 작은 원룸이 한눈에 확 들어온다. 어둠 속에서는 볼 수 없었는데 채영이 방 안 책상 위에 한 손으로 턱을 괸 채 석물처럼 우두커니 앉아 있었다. 그러고 보니 채영의 운동화 한 짝이 현관 바닥에 뒤집힌 채 놓여있었다. 방 안에서 싸늘한 냉기가 느껴졌다.

"이제 오니?"

채영이 고개를 들고 그녀를 쳐다보며 건조한 목소리로 말했다.

"추운데 보일러 좀 올리고 침대 속에 들어가 있지."

그녀는 태연한 척 그러나 후우, 낮게 한숨을 내쉬며 말했다. 갑자기 전신의 맥이 다 풀리는 것 같다.

"달팽이집을 지읍시다. 아름답게 지읍시다. 점점 크게… 점점 작게… 넌 한 마리 달팽이야. 미로처럼 뱅글뱅글한 집 속에 웅크리고 앉아 망각의 집이나 짓고 사는 한 마리 달팽이… 도망하고 피해 봤자 그 조그만 등에 지고 다니는 작은 집, 겨우 거기 아니니?"

채영이 세면장에서 씻고 나오는 그녀를 물끄러미 바라보며 말했다.

'달팽이 집이면 어때. 혼자 웅크리고 살기에 너무 좋은데.'

젖은 머리칼을 수건으로 탈탈 털면서 그녀는 속으로 생각했다.

그녀는 이 달팽이집 같은 지상의 방 한 칸을 얻기 위해 열심히 일을 했고, 삼 년 만에 얹혀살던 채영의 서점 방에서 벗어나 이 집으로 이사할 수 있었다. 채영은 그녀에게 함께 지내자고, 그녀가 가고 나면 너무 허전할 것 같다고 떠나는 그녀를 붙잡았지만 그녀는 말없이 짐을 쌌고, 이 원룸으로 이사 와버렸다.

"일은 어때?"

"그저 그래."

"고만고만한 애들을 몇 명이나 가르쳐야 니가 부자가 될 수 있나?"

"아무리 가르쳐도 부자 못돼."

"그럼 앞으로도 계속 가난하게 살겠네."

"그렇다고 봐야지. 그러면 또 어때."

화장대 앞에 앉아 얼굴에 로션을 바르면서 그녀는 소득 없는 말장난인 줄 알면서도 채영의 말에 계속 대꾸를 했다. 거울 속으로 보이는, 침대에 누워 천장을 바라보는 채영의 유독 오똑한 콧날이 눈에 들어왔다. 칼로 조각한 것 같은 코다. 잠시 어색하고 무거운 침묵이 흘렀다. 채영이 뚝 말을 멈춘 것이다. 그녀는 화장대 의자에서 일어나 채영의 곁에 누웠다. 낮 동안 사람이 없던 집이고 그녀가 와서 보일러를 틀어 바닥도, 느껴지는 공기도 다 싸늘하다. 채영은 온 지 얼마 안 됐다고 했다. 이따금 연락 없이 이렇게 불쑥 찾아오는 채영이가 그녀는 반갑기보다 부담스럽다.

"아, 너무 춥다!"

채영은 돌아누우며 차가운 얼굴을 그녀의 등에 묻었다. 등으로 채영의 숨소리가 나직이 들려왔다. 그녀는 몸을 벽 쪽으로 해서 두 다리를 웅크리고 비스듬히 누웠다. 그리고 전깃불을 껐다. 어둠이 편했다. 잠이 올 것 같지 않았지만 습관처럼 눈을 감았다.

그녀는 어딘가 꼭꼭 숨고 싶다. 그러나 아무리 숨어도 숨어 봤자 채영의 말대로 이 조그만 달팽이집일 뿐이다. 전혀 견고하지 않다. 밟아버리면 그대로 낙엽처럼 바스락 부서지고 마는.

그녀가 남편과 이혼하고 어디로 가야 할지 망설이다 찾아간 사람이 채영이었다. 가장 친한 친구였는데도 막상 이혼하고 찾아갈 용기가 쉽게 나지 않았다. 그녀가 결혼할 때, 가장 많이 반대한 사람이 채영이었기 때문이다. '그 남자는 너와 성격도, 개성도, 무엇하나 맞는 게 없어. 아마 넌 곧 이혼하게 될 거야.' 그 때 점쟁이처럼 똑 부러지게 단언하는 채영이 너무 심하다는 생각을 했고, 그것이 결혼으로 친구를 잃게 될지도 모르는 채영의 질투심에서 나온 말이라고 생각했었다. 고등학교와 대학까지 줄곧 같은 학교를 다닌 채영은 이상할 정도로 그녀에게 집착했기 때문이다. 어쨌든 정말 채영의 말대로 일 년을 견디지 못하고 그녀는 이혼하고 말았다. 그리고 찾아간 곳이 채영의 서점이었다. 자존심이 상하지 않은 건 아니었지만 갈 데가 없었다.

버스 종점에서 내리자 스산한 가을바람에 은행나무들이 샛노란 잎들을 우수수 흩날리며 길가에 줄지어 서 있었다. 시장으로 꺾어지는 길모퉁이에 채영의 서점이 있었다. 가을의 스산함은 유리문 바깥쪽의 현상이고, 서점 안은 이상할 정도로 따스한 봄기운 같은 것이 흐르고 있었다. 서점 안으로 비쳐든 눈부시게 환한 빛과 모차르트의 아름답고 경쾌한 피아노 협주곡이 흐르고 있었기 때문인지도 모른다.

"아! 너구나 어서 와."

채영은 책장에 책을 꽂고 있었다. 문을 열고 들어서는 그녀를 발견하자 언젠가 찾아오리라 기대하며 오래 기다린 사람처럼 감탄에 찬 목소리로, 눈을 크게 뜬 채 그녀를 맞이했다. 긴 머리카락을 귀 뒤로 넘기고 검은 바탕에 붉은 장미꽃이 그려져 있는 머릿수건을 아무렇게나 두른 채영의 모습은 자연 그대로 아름다웠다. 여전히 자유와 순수가 바람에 날리는 깃발처럼 채영을 감싸고 있었다. 채영은 긴 팔로 그녀를 힘껏 안으며 진심으로 반가워했다. 그녀는 채영의 그런 따뜻한 태도에 눈시울이 젖어들었다. 너무 쓸쓸했던 마음 때문이다. 채영은 그녀의 옷가지가 든 큰 가방을 무슨 선물보따리나 되는 것처럼 선뜻 받아 들고 함박 웃으며 안쪽으로 성큼성큼 걸어 들어갔다. 서점 한쪽에 작은 방이 하나 딸려 있었고, 채영은 거기서 지내고 있었다.

"이제부터 이 서점을 네 것이라고 생각해!"

채영은 어색하게 서 있는 그녀를 향해 경쾌한 목소리로 말했다. 책을 좋아하고, 독신인 채영은 직장을 그만 두고 받은 퇴직금과 그동안 모은 적금, 나중에 갚기로 하고 우선 부모님의 도움을 얻어 차린 이 작은 서점이 마음에 꼭 들었다. 주위에 아파트 단지를 끼고 있어서 그런대로 판매도 괜찮았다. 무엇보다 서점을 자신의 도서관처럼 사용할 수 있다는 것이 채영에게 가장 즐거운 일이었다. 하루 종일 읽고 싶은 책에 얼굴을 묻고 산다는 것은 아무나 누리는 행복이 아니라고 스스로 만족해하면서, 입가에 노래를 흥얼거리며 서점을 깨끗이 청소하고 책을 주문하고 팔고, 오래 되어 찾기 힘든 책들은 따로 목록을 만들어 손님들이 찾기 쉽도록 배려했다. 서점과 관련된 어떤 일도 채영에게는 평생 해도 힘들거나 지루하지 않을 즐거운 노동이라는 생각이 들었다. 간이 테이블에 앉아 책을 읽고 있는 손님에게는 따뜻한 커피도 제공했고 손님들이 마음껏 편하게 책을 읽고, 선택하고 살수 있도록 분위기를 조성했다. 그 때문에 사람들은 채영의 '나눔 서점'을 동네 작은 도서관처럼 이용했고 그것이 채영에게는 큰 기쁨이었다.

서점에서 일할 때 채영의 모습은 숲속의 온갖 새들의 지저귐 같은 명랑함과 즐거움, 책갈피마다 가득 웃음을 끼워 넣은 듯 책을 펼치는 사람들의 입가에 흐뭇한 미소를 짓게 하는 신기한 힘이 있었다. 그녀는 그런 채영의 모습에서 많은 위로와 힘을 얻었다. 이혼의 원인을 제공한 것이 채영이었다면 이혼의 상처에서 벗어나 새로운 일을 할 수 있는 용기를 준 것도 채영이었다.

"이 사진 어때?"

문을 열고 들어오면 바로 보이는 벽 앞에 의자를 딛고 서서 채영이 물었다.

"아, 그 사진….."

대답 대신 놀란 표정을 짓는 그녀를 보자 채영은 그럴 줄 알았다는 듯이 고개를 끄덕이며 뒤돌아서서 벽에다 탕탕 못을 박았다. 못 박는 소리가 경쾌하게 울렸다.

"네가 다시 나를 찾아온 것을 언제까지나 기억하고 싶어. 이 사진과 함께….."

못을 박으면서 채영이 큰 소리로 말했다.

도화지 한 장 크기의 액자에 담긴 사진 속에는 채영과 그녀가 한 송이씩 크고 탐스러운 포도를 들고 싱그럽게 웃고 있었다. 얼굴 뒤로 보이는 하늘이 맑고 푸르렀다. 언젠가 여름, 함께 배낭여행을 떠났을 때 어느 시골의 포도농장에서 찍은 사진이었다. 오랜 시간이 흘렀지만 사진 속의 얼굴에는 생기 넘치는 젊음의 투명함과 그래서 만지면 금방이라도 잘 익은 포도 알처럼 톡톡 터질 것 같은 싱그러움이 보랏빛을 띠며 가득 담겨있었다. 오래 전에 지나간 시간이 추억이 되어 그렇게 박혀있었다.

서점을 찾아오는 사람들은 문을 열고 들어서면 바로 보이는 그 사진을 보면서 아! 저마다 감탄했다. 채영은 그런 사람들의 반응에 흐뭇한 미소를 짓곤 했었다. 그녀와 함께 있는 시간은 채영에게 순전한 기쁨을 가져다주었다.

"무슨 얘기든 좋으니 얘기해볼래? 니 얘기가 듣고 싶어."

그녀는 채영의 차가운 이마가 목덜미에 와 닿는 것을 느꼈다. 차가운 유리 같은 이마다. 그녀가 늘 한쪽 벽으로 몸을 돌리고 자궁 속의 태아처럼 웅크리고 자는 습관을 가졌다면, 채영은 아기 새가 어미 새의 날개에 근심 없이 얼굴을 파묻고 마구 부리를 비비듯이 그녀의 목덜미에 한참 동안 차가운 이마를 비빈 후에야 반듯하게 누워 자는 것이었다. 채영이 그녀의 목덜미에 이마를 비빌 때면 그 차갑고 무거운 떨림이 아릿한 고통이 되어 스르르 그녀의 가슴에 번지곤 했다.

"어서 이야기해줘. 듣고 싶다."

채영이 바로 누우며 말했다.

"며칠 전 수업 때였어. 2학년 아이들에게 하루에 돈이 오백 원씩 매일 저절로 생기는 항아리가 있다면 그 돈으로 무얼 할 거냐고 묻고, 맘껏 상상해서 적게 해봤어. 아이들은 처음엔 아주 고민하는 것 같더니 조금 후에 종이에 뭔가 쓱쓱 써 내려갔어. 상상 속에 빠져서 글을 쓰는 아이들의 모습을 보면 얼마나 사랑스러운지 몰라. 마구 머리를 쓰다듬어 주고 싶은 충동이 느껴질 정도지. 시간이 지나고 아이들은 저마다 자신의 글을 발표할 시간을 가졌어. 재미있는 생각과 표현들이 많았는데 쏙 마음에 든 것은 2학년 남자애가 쓴 거였어. 받침도 많이 틀리고 문장도 서툴렀지만 내용은 아주 좋았어.

그 애는 오백 원을 항아리에서 꺼내 매일 저금통에 저금을 하고, 그 돈이 많이 모이면 자기 집에 있는 고양이와 함께 북극으로 여행을 하고 싶대. 그래서 북극곰을 만나면 그 폭신폭신한 하얀 털을 만지고, 곰의 얼굴에다 살며시 얼굴도 부비고, 하얀 눈 위를 북극곰과 함께 마음껏 뒹굴고 싶다고 했어. 나는 그렇게 말하는 아이가 너무 사랑스러워 머리를 쓰다듬어 주었어."

그녀의 이야기를 잠자코 듣고 있던 채영이 약간 젖은 목소리로 말했다.

"그래, 참 귀여운 애구나. 민주야, 너도 이 달팽이집 부숴버리고 나랑 함께 북극이나 갈래? 거기서 곰의 은빛털이나 만지면서 살고 싶다. 너와 함께라면 온 우주를 다 헤매고 다녀도 재미있을 것 같은데…"

그녀는 채영의 말에 가슴이 아렸다. 그녀는 채영을 피하다시피 이사를 했는데, 채영은 그녀와 함께 어디든 가고 싶다니. 채영의 집착이, 그 깊은 애정이 마른 나뭇잎 같은 그녀의 마음에 애틋함으로 다가와서 그녀는 새삼 슬픔을 느꼈다. 이 달팽이집 같은 조그만 방으로 이사를 온 것도 채영에게 진 마음의 부담을 덜어버리고 싶어서였는데 정작 채영은 아무 부담도 느끼지 않고 있는 것이다. 채영이 그녀에게 순전한 마음으로 다가오면 올수록 그녀는 그런 채영이 부담스러워지고 피하고 싶은 것이다.

"또 다른 이야긴 없나?"

채영이 무슨 이야기든 좋으니 이야기를 해 보라고 자꾸만 그녀를 재촉했다. 채영은 이야기를 들려주는 그녀의 조용하고 낮은 목소리가 너무도 그리웠던 것이다. 채영은 그녀와 사소한 일상의 일들을 이야기하고, 그저 그녀의 이야기를 오래 듣고만 있어도 그 순간이 세상의 그 어떤 시간과도 비교할 수 없을 만큼 행복했다.

"오늘 낮에 버스 안에서 아스팔트 위를 총총거리며 먹을 것을 찾아다니던 흰 비둘기가 자동차에 치여 죽는 걸 봤어. 아주 순간이었어. 배가 터져 붉은 내장이 다 보였어. 죽은 비둘기 위를 아무렇지도 않게 차들이 짓뭉개며 달려갈 때마다 마치 흰 눈이 날리듯 비둘기의 몸에서 너무나 많은 깃털들이 떨어져 나와 온 아스팔트 위를 펄펄 날아다녔어. 참 신기하지? 그 작은 비둘기 몸에 그토록 많은 깃털이 숨겨져 있다는 것이 말이야."

"그 비둘기, 아마 배고프고 눈 먼 비둘기였겠지. 아스팔트를 사람들이 모이를 던져 주는 광장으로 착각한 거 보면. 정말, 비둘기 깃털이 날리는 거 보고 싶다."

한동안 고요한 침묵이 흘렀다. 어둠 속에서 채영의 숨소리가 나직이 들려왔다. 잠이 들었나? 그녀는 채영이 잠이 깨지 않게 조심스럽게 벽을 향해 누웠던 자세를 똑바로 해서 천장을 향했다. 그제야 등이 편안했다.

'언제라도 니가 생각나면 찾아갈 수 있게 열쇠를 줘.' 이사하던 날, 채영이 집 열쇠를 달라고 해서 하나 주었더니 이렇게 아무 예고도 없이, 사람도 없는 집에 불쑥 찾아와 그녀를 놀라게 하는 것이다. 채영의 서점과 그녀의 집은 같은 도시에 있었지만 서로 극과 극에 위치하고 있어서 차로 두어 시간 달려야 닿는 곳이었다. 여느 때보다 일찍 서점 문을 닫고 그녀에게 달려왔을 채영의 마음이 안쓰러워 그녀는 잠든 채영의 얼굴을 살며시 두 손으로 감쌌다. 차갑다. 손도 얼굴도…. 채영의 몸은 아주 차가운 편이었고 추운 겨울에는 살짝 손에 대이기만 해도 소름이 돋았다.

그때였다. 채영의 눈에서 주르르 눈물이 흘러 얼굴을 감싸고 있는 그녀의 손을 적셨다. 그녀는 깜짝 놀라 어둠 속에서 채영의 얼굴을 들여다보았다. 눈물이 흘러 얼굴을 온통 적시고 있었다. 그녀는 왜 우느냐고 묻지 않았다. 밤길을 달려 여기까지 올 동안 어쩌면 채영은 차 안에서 내내 울면서 왔는지도 모른다.

삼 년 동안 함께 지내던 그녀가 떠나고 없는 서점은 텅 빈 것 같았다. 그토록 환하게 서점 안을 비추던 햇살도, 모차르트의 음악도, 사람들의 정다운 인사도, 모두 덧없이 느껴져 때로 채영은 멍한 표정으로 유리문 너머 거리의 오가는 사람들을 바라보곤 했다. 그녀를 너무 애틋해 하는 자신의 감정을 어떻게 해야 할지 알 수 없었다. 오래된 턴테이블의 낡은 판이 잡음을 내며 지루하게 돌아가듯 채영은 아주 오래 되고 낡은, 그만 버려도 좋을 감정에 너무 무모하게 끌려 다니면서도 그 감정을 어떻게 정리해야 할지 알 수 없었다. 신간서적을 유리문 입구 진열대에 진열하면서 흥얼거리던 노래도 이제 더 이상 흥얼거리지 않았고, 사람들에게 차를 가져다주면서 웃던 쾌활한 웃음도 어느 사이 공허한 표정으로 변해버려 사람들을 어리둥절하게 만들곤 했다. 오직 그녀와 함께했던 시간만이 시간이 지날수록 더 선명해지고 그리워지는 것이다. 달팽이집 같은 그녀의 집으로 달려가 함께 벽에 기대고 앉아 도란도란 이야기를 나누고 싶다는 그 생각만이 간절했다. 늦은 밤, 서점 문을 닫고 함께 피곤한 눈빛을 빛내며 차를 마시고 이야기를 나누던 그때가 채영은 너무 그리웠다. 지금이라도 당장 달팽이집 같은 그녀의 집으로 달려가고 싶다. 사람이 사람에게 진정으로 정이 들면 그것은 너무도 깊은 샘물 같은 것이어서 아무리 퍼 올려도 마르지 않고 자꾸만 퐁퐁 솟아나는, 그래서 누군가에게는 너무 끔찍할 정도로 슬프고 쓸쓸하고 애처로운 것이다.

　채영은 그녀가 떠나고 난 뒤 손을 씻다가도 문득 그녀의 얼굴이 떠올라 울었다. 꿈을 꾸면서도 울었고, 배가 고파 밥을 먹다가도 숟가락질을 멈추고 입 안에 든 밥을 삼키지도 못한 채 눈물을 흘렸다. 그 눈물은 얼굴을 타고 내려와 밥 위에 뚝 떨어지곤 했다. 왜 태연하려고 하면 할수록 더욱 집착하게 되는지 알 수 없었다. 넌 왜 결혼하지 않니? 언젠가 그녀가 물었을 때 채영은 담담한 얼굴로 너 때문이야, 라고 말했었다. 그녀는 그때 깜짝 놀란 얼굴을 했지만 채영은 아무렇지도 않게 몰랐어? 하면서 농담처럼 웃어버렸다.

그녀는 우연히 한때 남편이었던 그를 만났다. 수업 전 틈새 시간 치고는 여유가 있어 잠깐 쉬려고 들어갔던 카페에서 그와 눈이 딱 마주친 것이다. 카페는 수업을 할 아이의 집과 가까운 곳에 있었고, 좀 쉴 겸 그곳으로 발길을 옮겼는데 다시 만나고 싶지 않은 그가 거기 있었다. 출입문 쪽을 향해 앉아 한 남자와 이야기 하고 있었다. 돌아서 나오기도 어색해서 그녀는 구석진 곳에 그냥 앉아버렸다.

여름 내내 햇빛 가리개로 유용했을 보라색 비즈발이 창문 앞에 그대로 길게 드리워져 있어 깊어가는 가을 햇빛에 투명하게 반짝이고 있었다. 비즈발은 중간중간에 투명한 꽃잎 모양의 흰색과 엷은 보라색 구슬의 비즈가 아름답게 장식되어 있어 햇빛 가리개뿐 아니라 장식용으로도 충분히 보는 사람의 눈을 즐겁게 해주었다. 그녀는 비즈발에 눈길을 주며 주인이 가져다 준 커피를 마셨다.

그는 어떤 남자와 중요한 거래라도 하는지 머리를 맞대고 진지하게 이야기를 나누고 있었다. 눈길을 준 것도 아닌데 선이 분명한 그의 옆모습이 또렷하게 눈에 들어왔다. 무역회사에 근무하는 그는 거래처 사람들과 밖에서 만나 사업상의 밀담을 나누기도 한다는데 그런 모양이었다. 커피를 마시는 그녀를 그가 슬쩍 곁눈질했다. 조금 후에 맞은편에 앉아 있던 남자가 먼저 일어서 나가자 그는 그녀가 앉은 자리로 뚜벅뚜벅 걸어왔다. 언제나 자기 확신에 찬 성격이 반듯한 어깨와 힘 있게 걷는 걸음걸이, 적당한 체중을 실은 몸에 배어있는 듯했다. 헤어진 지 삼 년이 넘었지만 그의 모습은 하나도 변하지 않았다. 감정이 실리지 않은 소탈한 목소리로 그가 말했다.

"오랜만이다. 아직도 친구 집에 있나?"

그는 그녀가 이혼하고 채영과 함께 지낸다는 것을 소문으로 들어 알고 있었다. 잠시 그의 머릿속에 채영이 떠올랐다. 차갑고, 어둡고, 의혹으로 가득 찬 존재. 그래서 다른 사람의 삶을 마구 휘저어버릴 수 있는 불길한 존재. 그가 기억하는 채영은 그런 여자였다.

결혼식이 끝나고 신혼여행을 떠나기 전 그녀의 친구들과 레스토랑에서 함께 식사하는 시간을 가졌었다. 그런데 다른 친구들이 한마디씩 덕담을 하고 즐거운 이야기로 웃음꽃을 피울 때 채영은 한마디 말도 않고 혼자 거푸거푸 글라스에 가득 포도주를 부어 마시고 취한 상태에서 악담을 했던 것이다. '당신들은 일 년도 못돼 이혼할 거야. 두고 봐!' 창백한 얼굴에 알 수 없는 분노를 띠고 눈빛을 빛내며 증오가 가득 담긴 말을 쏟아내던 채영을 그는 너무도 분명히 기억한다. 그리고 실제로 채영의 말대로 일 년도 못 되어서 이혼했다.

밤마다 울려대던 전화벨. 늦은 밤 샤워를 하다가도, 사랑을 나누다가도, TV나 책을 보다가도 전화벨만 울리면 그녀는 깜짝깜짝 놀라면서 전화를 받곤 했었는데 나중에는 그가 화가 나서 아예 전화선을 떼 내 버릴 정도였다. 행복해야 할 그들의 신혼은 날마다 들이닥치듯 걸려오는 채영의 전화 때문에 시끄럽고 불편해져 버렸다. 그 때문에 그는 그런 친구를 둔 그녀의 인격을 의심하게 되었다.

모래 속에 묻혀 있던 짐승의 뼈들이 바람에 숨김없이 드러나듯이 어쩌면 순수해 보이는 그녀의 모습 뒤에 감추어진 또 다른 모습이 채영이라는 친구를 통해 투영돼 보이는 것이 아닌가, 하는 착각에 빠지곤 했다. 소름이 끼치는 일이었다. 매사 규범적이고 빈틈없는 그로서는 자신의 아내를 한번 의심하게 되자 끝도 없이 의심하게 되었고, 낮에 사무실에서 일을 하다가도 아내가 채영을 만나고 있으리라 생각하면 참을 수 없는 혐오와 의혹을 느꼈다. 그 때문에 수시로 집에 전화를 걸었다. 그런 자신을 어이없어하면서도 한번 시작된 의심은 끝도 없이 안개 속을 헤맸다. 그녀는 그녀대로 낮에는 남편의 전화에 밤엔 채영의 전화에 시

달리면서 심한 두통을 앓았고, 나중엔 거의 정신을 잃을 지경이 었다. 결국 합의이혼으로 둘은 짧은 결혼생활을 매듭지었다. 불행했지만 그것이 최선의 선택이기도 했다.

그는 그녀가 무슨 말이든 하기를 기다리며, 두 손으로 찻잔을 만지작거리는 그녀의 얼굴을 보고 있었지만 그녀는 아무 말도 하지 않았다. 말을 해야 할 필요를 못 느꼈다. 그의 얼굴을 보는 것은 괴로운 일이다. 자신의 아내를 신뢰하지 않았던 남자다. 겉보기와는 달리 의심과 이기적인 자기 욕망에만 충실했던 남자. 밤늦게 채영이 전화한 건 예의가 아니었지만 그건 채영의 성격이었다. 사소한 일상이나 자신의 감정을 하나뿐인 친구였던 그녀에게 시시콜콜 이야기하고 듣는 것. 그것이 사람에 대한 지나친 집착에서 온다는 것을 알지만 전화를 걸지 말라고 말 할 용기가 그녀에게는 없었다. 채영에게 자신이 유일한 친구라는 것을 알기 때문이었다. 단지 그가 자신의 상식과 보편의 잣대로 채영을 재고 이해하지 못한 것뿐이다. 그가 다른 여자와 재혼해서 행복하게 산다는 것을 소문으로 들어서 알고 있었다. 도시는 이런 저런 소문이 떠돌아다니기 좋을 만큼 좁고 편협한 곳이다.

그녀는 말없이 따뜻한 커피를 마셨다. 코끝으로 스미는 진한 커피의 향기에 마음이 편해졌다. 그는 한마디도 않는 그녀의 얼굴을 각인이라도 하듯 뚫어지게 쳐다본 후, 먼지를 털듯 바지에 한 번 쓰윽 손바닥을 문지른 뒤 자리에서 일어났다. 그리고 말없이 계산대로 걸어갔다. 걸어가는 뒷모습이 걸어올 때와는 달리 조금 처져 보였다. 그녀는 천천히 창문 밖으로 눈길을 주었다.

그녀가 카페에서 나와 일대일 수업을 하는 중학교 1학년 여자아이 집을 방문했을 때 아이 엄마는 무척 화가 나 있었다. 얼마 전에 학교에서 국어 과제물 평가가 있었는데 아이의 성적이 형편없이 나왔다는 것이다. 사실 아이는 노력하는데 비해 늘 성적은 지나치게 평범했다. 그 평가라면 그녀도 잘 알고 있었다. 하이타니 겐지로가 쓴 《나는 선생님이 좋아요》라는 책을 읽고 감상문을 쓰는 것이 과제였는데, 그때 아이는 자신이 쓴 감상문을 그녀에게 보여 주었었다. 줄거리 위주로 쓴 감상문이었는데 평범했다. 그녀는 잘못된 문장이나 맞춤법이 틀린 단어를 교정해주었었다. 아이가 쓴 감상문이 마음에 들지 않는다고 통째로 다 바꿀 수는 없다. 그건 아이를 위해서도 옳은 방법이 아니라고 생각했다. 잘 썼건 못 썼건 아이의 실력대로 평가 받게 하는 것이 좋은 것이라고 그녀는 생각했었다.

"몇 점 나왔어요?"

그녀는 시큰둥하게 입술을 일그러뜨린 아이 엄마에게 물었다.

"30점 만점에 24점이요."

여자는 퉁명스럽게 말했지만 그녀는 그만하면 평소 아이의 실력보다 잘 나왔는데, 하는 생각이 들었다. 엄마들의 욕심이란 끝도 없는 모양이다. 아이가 가지고 있는 역량보다 과대평가하거나 아니면 아예 과소평가 하는 것은 모든 엄마들의 공통된 습성이다. 사실대로 인정하고 받아들이는 것에 너무 인색하다. 아이들은 그렇게 스스로의 역량보다 더 잘하기를 강요당하거나 아니면 무시당하는 데서 오는 괴로움에 늘 시달린다. 엄마에게 잔소리를 들었는지 잔뜩 얼굴을 찡그린 여자아이에게 그녀는 애써 명랑한 목소리로 말했다.

"잘했어. 그만하면 잘한 거지."

그녀의 말에 아이는 고개를 숙인 채 아무 말이 없었다.

"선생님이 그런 식으로만 봐 주신다면 다음에도 똑 같은 결과겠죠. 좀 신경 써서 봐 주지 않고…."

아이의 점수가 순전히 그녀 탓이라는 듯 불평 섞인 어조로 말하며 방을 나가는 여자의 말투가 거슬렸지만 그녀는 내색하지 않고 아이와 수업을 했다. 허탈함이 피로가 되어 밀려들었다.

하루의 일을 다 마치고 거리로 나오자 그녀는 문득 채영이 보고 싶었다. 채영의 서점을 떠나올 때는 다시는 채영을 찾아가지 않으리라고 생각했었는데 낮에 그를 만났기 때문인지, 밤이 되자 도시에 자욱하게 내린 안개 때문인지 마음과는 달리 몸은 어느덧 채영이 사는 동네로 향하는 버스 안에 있었다. 늦은 시간이라 버스 안은 한산했다. 피곤에 젖은 사람들이 몰려드는 졸음 때문에 시든 풀잎처럼 고개를 끄덕이면서 드문드문 앉아있는 모습을 보자, 그녀는 새삼 산다는 것이 애처로운 일이라는 생각이 들었다. 그녀 역시 하루가 몹시 피곤하다. 둔중한 피로가 온몸을 눌렀다. 그런 피로 속을 헤치며 매일의 시간이 달려간다. 삶이란 그런 것이다. 고개를 돌리자 그림 액자 속에 들어있는 정물 같은 사람들이 유리창에 희미하게 비쳐 보였다. 버스에서 내리면 사람들은 서둘러 각자의 집으로 향하겠지만 그들을 기다리고 있는 것이 소박한 평화일지 슬픔 혹은 분노일지 알 수 없다. 그러나 모두들 무언가 따뜻함을 기대하면서 습관대로 집을 향해 걸어가는 것이다. 어둠이 깊어갈수록 안개는 더욱 자욱하게 내리고, 하나둘 사람들은 그 밤안개 속으로 몽롱하게 사라져갔다.

　그녀는 눈을 감았다. 피곤이 다시 몰려들었다. 언젠가 채영과 함께 잠시 들어간 적이 있었던 교회가 떠올랐다.

갑자기 몰아치는 비바람을 피해 들어간 곳이 마침 가까이 있던 교회였다. 넓은 정원에는 크고 작은 나무들이 우거져 있어서 깊은 숲속에라도 들어온 것처럼 적요했다. 본당 문을 열고 들어가자 실내에서 향기가 확, 코끝에 풍겨왔다. 익숙하지 않은 향기였다. 꽃향기와 나무 향기, 온갖 들풀과 활활 불이 타오르는 양초 향이 한데 뒤섞여서 나는 독특한 향기였다. 맨 뒷줄 의자에 둘은 조용히 앉았다. 새가 비바람을 피해 둥지로 날아든 것 같은 편안함이 온몸을 감쌌다. 맨 앞쪽 의자 끄트머리에 할머니 한 분이 예수의 십자가상을 향해 무릎을 반쯤 꿇은 불편한 자세로 기도하고 있었다. 비바람이 몰아치는 바깥과는 상관없이 예배당 안은 너무 고요했고, 맑은 유리창으로 빗물이 흘러내렸다. 둘은 약속이나 한 듯이 눈을 감고 두 손을 무릎 위에 모았다. 무엇을 기도하든지 예수는 귀를 열고 조용히 그 기도를 들으시리라는 생각이 들었다.

예배당을 나오자 비바람은 그치고 맑은 가을 하늘이 펼쳐져 있었다.

"무슨 기도했니?"

그녀가 채영에게 물었다.

"…"

"무슨 기도했냐니까?"

그녀는 채영의 팔을 장난스럽게 흔들었다. 채영의 표정에 전에 없던 진지함이 묻어나왔다. 채영은 걷던 걸음을 우뚝 멈추고 서서 슬픈 눈빛으로 그녀의 얼굴을 바라보았다. 그리고 천천히 말했다.

"내가 죽는 날까지 너와 함께 이 세상을 살게 해 달라고 기도했어."

그녀는 또박또박 힘주어 말하는 채영의 말에 아무 말도 할 수 없었다. 채영이 그녀에게 가지는 진실한 감정에 비해 그녀는 얼마나 가볍고 이기적인지 그런 자신이 부끄러웠다.

눈을 떴을 때는 시장 가까이 있는 버스 종점이었다. 모두 다 내렸는지 버스 안에는 그녀 외에는 아무도 없었다. 그녀는 아무도 없는 버스에서 내려 자욱한 안개 속을 걸어 들어갔다. 축축하고 차가운 밤안개가 온몸을 감쌌다. 늦은 밤, 시장 안의 상가에는 드문드문 희미하게 불이 켜져 있을 뿐 사람들은 보이지 않았다. 부연 안개 속으로 모든 것이 사라져버린 것 같다. 그녀는 왠지 휘청거리는 것 같은 몸을 추스르며 노란 은행나무들이 길게 늘어서 있는 길모퉁이를 돌아 서점을 향해 천천히 걸어갔다.

채영의 서점은 굳게 닫혀 있었다.

- 멀리 떠납니다. 다시 돌아올 수 있다면 따뜻한 모래 한
움큼씩 선물하겠습니다.
모두 행복하십시오. -

바람을 타고 내리는 빗줄기 같은, 채영의 독특한 글씨가 적힌
종이가 유리문에 큰 우표처럼 붙어 있었다. 밤이 되면 어두운 길
을 밝히는 등불처럼 언제나 환하게 불이 밝혀져 있던 서점은 지
금 무섭도록 어둡고 적막했다. 쓸쓸한 안개 속에서 은행나무들만
이따금 젖은 나뭇잎을 뚝, 뚝 떨어뜨리며 고요하게 서 있었다.

그녀는 갑자기 전신의 힘이 스르르 빠져나가는 것 같아 그 자
리에 그만 털썩 주저앉고 싶었다. 늘 떠나고 싶었던 건 그녀 자
신이라고 생각했었는데 채영이 어딘가로 꼭꼭 숨어버린 것이다.
그녀에게조차 알리지 않고 떠났다면 어쩌면 채영은 다시는 이
도시로 돌아오지 않을지도 모른다.

어디로 가야 하나. 안개 속에서 그녀는 길을 잃고 서성이는 아
이처럼 오랫동안 그렇게 서 있었다.

밤에 부른 노래

어두운 밤하늘에 둥근 달이 떠올랐다. 순식간이
었다. 늑대들이 어느새 산양을 뜯어먹고 있었
다. 붉은 살점에서 뚝뚝 피가 떨어졌다.

도로변을 따라 죽 심겨져 있는 노란 해바라기들이 갑자기 퍼
붓기 시작한 소낙비에 이리저리 흔들리고 있었다. 긴 꽃대에 접
시 같은 꽃을 단 해바라기들은 금방이라도 휘어질 듯 휘청거리
면서도 쓰러지지 않았다. 오히려 샛노란 꽃잎들에서 뿜어져 나
오는 그 빛깔이 비 내리는 어두운 하늘을 환하게 해주고 있었다.
투두둑 투두둑, 비가 차창을 세차게 두드려댔다. 세인은 차를 갓
길에 세웠다. 비 때문에 앞이 잘 보이지 않는데다가 가슴이 짓누
르듯 아파왔기 때문이다. 세인은 가슴을 압박하던 안전벨트를
풀었다. 짧은 한숨이 새어나왔다. 굵은 빗방울들이 차 유리를 흠
뻑 적시며 흘러내렸다. 세인은 핸들 위에다 두 팔을 얹고 그 위
에다 얼굴을 묻었다. 현수가 있는 시내 변두리의 고시원을 찾아

가는 길이다. 소낙비가 그칠 때까지 잠시 쉬었다 가고 싶었다.

　현수의 방을 찾아갔을 때 현수는 깊은 잠에 빠져 있었다. 손바닥만 한 벽 창문이 나뭇잎처럼 하나 달려있는 눅눅한 방에서 습한 냄새가 났다. 창문은 북쪽으로 나 있어 햇빛이 들어오지 않았다. 세인은 방바닥에 털썩 주저앉았다. 피곤한지 깊이 잠들어 있는 현수의 여리고 창백한 얼굴을 보자 세인은 그만 가슴이 내려앉는 것 같았다. 저 애가 내 아들인가? 세인은 현수가 집을 떠나 밖을 떠돌면서 현수가 어디 있는지 찾아다니느라 애를 태워야 했다. 초라한 쪽방에 아무렇게나 버려진 종잇조각처럼 누워 있는 현수를 보면서 세인은 자신이 아들에게 무엇을 잘못했는지 생각했다. 현수는 이 년 전까지만 해도 세인에게 흐뭇함과 기대감을 안겨주는 아이였었고, 더없이 착한 아들이었다. 그런데 지금 현수는? 거기까지 생각이 미치자 세인은 그만 목이 메어 울음이 터질 것 같았다. 세인은 현수 곁에 조용히 앉았다. 너무 곤히 잠들어 있는 아들을 깨울 수가 없었다. 세인은 무릎을 세워 거기 얼굴을 묻었다. 몇 달 동안 연락을 하지 않던 현수가 세인에게 연락을 한 것은 고시원 방값 때문이었다. 월세로 지불하는 방값만 대주면 생활비는 스스로 해결하겠다는 현수의 목소리는 너무 당당했고, 만약 들어주지 않으면 연락을 아예 끊어버리겠다고 어처구니없는 협박까지 했다. 세인은 현수의 그 요구를 들어주었다. 어이없는 협박 때문이 아니라 여전히 사랑하는 아들이기에. 집도 없이 부랑아가 되어 온갖 위험 속에 떠돌아다니는 것보단 그래도 거할 처소가 있으면 안전하리라는 생각이 들었고, 무엇보다 언제라도 현수를 찾아갈 수 있으리라는 기대 때문이었다.

정작 고시생은 없다는 고시원은 쪽방과 다름없었다. 좁은 복도를 왔다 갔다 하는 사람들의 발소리, 타국에서 온 이방인들의 낯선 언어들, 사람들의 웅성거리는 말 속에 섞여서 들려오는 더러운 욕설들. 이런 소음들이 방음이 제대로 되지 않는 벽 너머로 들려와서 쪽방은 더욱 초라하고 생경스러웠다. 순간 세인은 밖과는 전혀 다른 세계에 발을 들인 것 같은 불안감에 휩싸였다. 이름만 고시원이지 실제로는 오갈 데 없는 사람들의 집합소나 다름없었기 때문이다. 현수가 왜 집을 뛰쳐나와 이토록 좁고, 어둡고, 침침한 방에서 홀로 살아가는 것인지 생각할수록 기가 막혔다.

자고 있는 현수의 얼굴은 땀에 젖어 있었다. 더위 때문에 몇 번 몸을 뒤척이던 현수가 부스스 눈을 떴다. 현수의 나른한 눈빛이 세인의 눈과 마주쳤다. 현수는 아무 말도 하지 않고 벽 쪽으로 얼굴을 돌려버렸다. 세인은 그런 아들의 어깨에 손을 얹었다.

"왜 이렇게 위험하고 힘들게 살아? 그만 집에 돌아가자."

"돌아가고 싶지 않아. 난 이대로가 좋아."

현수는 벽을 향한 채 고집스럽게 말했다.

"아빠와 형도 널 기다려 그만 돌아가자."

"제발, 나를 그냥 좀 내버려 둬! 다시는 찾아오지 마!"

현수는 홱 고개를 돌려 세인의 얼굴을 쏘아보며 소리쳤다.

세인은 순간 가슴을 칼로 베인 듯이 아릿한 통증을 느꼈다. 현수의 그 고집이, 어긋나버린 마음이 세인의 마음을 아프게 짓눌렀다. 세인은 현수가 집을 떠나 떠돌고부터 늘 가슴에 눈물이 고여 있어 때때로 참을 수 없을 만큼 솟구치곤 했다. 세인은 아들을 어떻게 다루어야 할지 알 수 없었다. 손 안에 있다 어느 순간 푸드덕 날아가 버린 한 마리 새. 현수는 그 새와 같았다.

벼랑 끝에 어린 산양 한 마리가 초췌한 모습으로 떨고 있었다. 낮에 어미 양이 독사에게 물려 죽어버리는 바람에 어린 산양이 바위와 바위 사이를 헤매다 가파른 벼랑 끝까지 내몰린 모양은 참으로 애처롭고 가련했다. 비쩍 마른 여윈 몸이 추위와 외로움으로 바르르 떨고 있었다. 검고 큰 두 눈이 두려움과 슬픔으로 축축하게 젖어 있어 금방이라도 눈물이 흘러내릴 것 같았다. 그런 산양 주위를 코요테와 늑대들이 빙빙 돌고 있었다. 밤이 깊어지면 더 이상 숨을 곳을 찾을 수 없는 눈 먼 산양을 먹잇감으로 노리고 있는 것이다. 어두운 밤하늘에 둥근 달이 떠올랐다. 순식간이었다. 늑대들이 어느새 산양을 뜯어먹고 있었다. 붉은 살점에서 뚝뚝 피가 떨어졌다.

세인은 무심코 그가 보고 있는 다큐멘터리에 시선을 주다가 그만 주르륵 눈물을 흘리고 말았다. 산양의 그 애처로운 모습이 마치 집을 떠나 헤매고 다니는 현수를 보는 것 같았기 때문이다. 세인은 거실에서 나와 베란다 앞에 섰다. 눈물이 쉼 없이 흘러내렸다. 그가 없었다면 크게 소리 내어 통곡이라도 했을 것이다.

죽은 제 아빠를 유난히 사랑했던 현수. 현수가 집을 떠나 헤매는 것이 엄마의 재혼 때문이라는 사실이 세인의 마음을 저리고 아프게 했다. 현수는 엄마가 죽은 아빠도 배신하고 자신도 배신했다고 생각했다. 사춘기 소년이 가질 수 있는 생각이지만 지나치게 예민했다. 현수가 5학년 때 남편은 간암으로 죽었다. 세인은 아이들과의 생활을 위해서 보험설계사로 일했었는데, 그때 지금 남편인 그를 만났다. 그는 그 지점에 새로 부임한 부장이었다. 늘 환한 얼굴과 소탈한 성격이 호감을 주는 사람이었다.

어느 날 아침, 사무실에 조금 일찍 도착한 세인은 복도 끝에 있는 자판기에서 커피를 뽑아 혼자 마시고 있었다. 그때 뚜벅뚜벅 세인 곁으로 그가 걸어왔다.

"함께 마셔요."

커피를 마시면서 그는 몇 년 전에 아내가 교통사고로 죽었다고 아무렇지도 않게 말했다. 성격이 워낙 밝고 낙천적이라 전혀 눈치 채지 못했었다. 그는 세인의 신상에 대해서 자신의 손금을 들여다보듯 다 알고 있었다. 세인이 깜짝 놀라자 그건 세인에 대한 관심과 애정 때문이라며 싱긋 웃어 보였다. 선량한 웃음이었다.

"보험설계사 일, 많이 힘들죠?"

그는 세인의 눈을 똑바로 바라보았다. 그 눈빛에 진심이 담겨 있었다.

그가 보기에 보험설계사 일은 세인에게 적합한 일이 아니었다. 많은 사람을 만나야 하고, 그들을 말로 설득해야 하고, 자신의 고객으로 만들어야 하는 일. 그리고 끝까지 관리해야 하는 이런 일들은 내향적인 성격의 세인에게는 힘든 일임이 분명했다. 실적도 늘 고만고만한 수준에서 머물렀다. 그즈음 세인은 일의 힘듦을 쉽게 드러내지 않고 성실하게 일했지만 보험설계사 일에 서서히 지쳐가고 있었다. 친척과 지인들의 도움으로 버텨온 일이었다. 회사는 쉽게 들어갈 수 있었지만 일은 결코 쉽지 않았다. 세인은 잠시만이라도 수고로운 생활의 짐을 내려놓고 쉬고 싶은 마음이 간절했다. 그런 세인의 마음을 꿰뚫어 보듯이 그가 말했다.

"지금 세인 씨에게는 쉴 수 있는 쉼터가 필요해요. 너무 지쳐 보여요. 물론 나도 기댈 수 있는 세인 씨 같은 좋은 사람이 필요하고요."

그는 기꺼이 세인이 쉴 수 있는 쉼터가 되어 주겠노라고, 와서 편히 쉬어라고 웃으면서 말했다. 자신의 아내가 죽은 것을 이야기할 때처럼 아무렇지도 않게, 그래서 오히려 진심을 느끼게 하는 그런 말투였다. 오십 대 초반의 남자가 가질 수 있는 안락한 생활의 여유를 그는 가지고 있었고, 세인은 그것을 거절해야 할 아무런 이유가 없었다. 솔직히 생활능력이 부족한 세인에게 그는 갑자기 신이 주신 행운의 선물박스 같은 존재였다. 더구나 그의 하나 뿐인 딸은 러시아에서 유학 중이었다.

세인이 그와 재혼한다고 했을 때 큰 아들 민수는 세인의 결정에 말없이 따라주었고, 엄마의 행복을 함께 기뻐해 주었다. 그러나 고등학교 1학년이던 현수는 끝까지 재혼을 반대했다. 엄마에게 실망했다면서 반기를 들었다. 그때부터 현수는 세인에게 뾰족한 가시가 되어 마음을 아프게 찔렀다. 세인이 재혼하자 현수는 어느 날부터 학교를 가지 않았고, 나쁜 친구들과 어울려 오토바이를 타고 돌아다니더니 결국 집을 나가버렸다.

"현수는?"

그가 세인의 안색을 살피며 물었다.

"돌아오고 싶지 않대요."

"나이가 그만하면 부모를 이해할 만도 한데…."

시선을 다시 텔레비전에 둔 채 조금 퉁명스럽게 그가 말했다. 그는 현수가 집을 나가도 같이 찾으러 나간 적이 없었다. 문득 세인은, 자기 아들이었다면 그렇게 했을까 싶어서 조금 섭섭한 마음이 들었다. 결국은 피 한 방울 섞이지 않은 타인일 뿐이다. 세인 역시 러시아에서 유학 중인 그의 딸에게 무관심한 것과 같은 것이다. 이따금씩 메일로, 전화로 안부를 주고받으면서 말로는 걱정하고, 사랑한다고 하지만 늘 진정성이 부족하다고 세인은 자책하곤 했다. 남편도 자신의 감정과 별반 다르지 않은 것이다.

"요즘 아이들은 인내심이 너무 부족해. 참을 줄을 모른다 말이야. 그러면서 얼토당토않게 자신들의 요구는 너무 많지. 현수도 세상 가운데서 힘들고 어려운 일에 부딪히면서 배워나가야 해. 학교 교육보다 어쩌면 세상 가운데서 더 필요한 것들을 배워나 가는지도 모르지."

혼잣말처럼 그가 말했다. 그의 말은 하나도 틀리지 않았다. 그러나 그 하나 틀리지 않고 똑 부러지는 말이 세인에게는 무척 거슬렸다. 노골적으로 난 친아버지가 아니라고 말하는 것 같아 세인은 더욱 섭섭했다. 마음에 담고 있던 말들을 쏟아내고 싶었지만 세인은 꾹 눌러 참았다. 현수가 자신의 친아들이었다면 그렇게 말하지 않았을 것이다. 밥은 먹는지, 병이 난 건 아닌지, 거리를 떠돌다가 나쁜 친구들이랑 어울려 죄를 짓지나 않는지, 그런게 걱정이 되어 밤잠을 설치면서 염려하고 또 염려했을 것이다. 세인은 문득 함께 살아가면서도 자식에 대한 마음이 다르다는게 새삼 외롭고 쓸쓸해졌다.

세인은 산책하기에는 많이 늦은 시간이었지만 민수가 아직 오지 않았고, 아파트의 산책로를 걷고 싶은 마음에 거실을 나섰다.

함께 갈까, 묻는 그에게 혼자 걷고 싶다고 했다. 그는 알았다는 듯이 고개를 끄덕이며 그대로 텔레비전을 봤다. 거대한 아프리카의 초원지대가 동화책 속의 천연색 그림처럼 펼쳐지고 있었다. '동물의 왕국'은 그가 가장 좋아하는 다큐멘터리다. 약육강식의 그 원시적인 자연의 법칙이 결국 인간의 삶과 닮지 않았느냐며, 언제나 푹 빠져서 보는 것이다. 가냘픈 사슴의 목을 물어뜯는 사자의 크르릉 대는 소리가 현관문을 나서는 세인의 등 뒤로 따라 나왔다.

산책로를 따라 나무들이 늘어서 있었다. 봄날을 꽃으로 아름답게 장식했던 벚꽃나무와 목련나무, 라일락들이 감나무, 물푸레나무와 어우러져 이제는 꽃 대신 그 무성한 잎들로 여름을 풍성하게 해주고 있었다. 문득 세인은 멈추어 서서 고개를 들었다. 별들이 반짝이는 밤하늘에 하얀 하현달이 걸려 있었다. 푸르른 밤하늘에 걸려있는 하현달은 서늘해 보였다. 점점 기울어가는 달빛의 그 서늘함이 세인의 마음에 애잔함으로 다가왔다. 세인은 다시 걸었다. 나무 사이에 문지기처럼 서 있는 가로등이 걷고 있는 밤길을 환히 비추어 주었다.

세인은 걸으면서 현수를 생각했다. 지금이라도 현수에게 달려가고 싶지만 현수의 그 완강한 거절을 감당할 자신이 없었다. 세인은 다시 가슴을 찌르는 통증이 느껴졌다. 세인은 천천히 걸었다.

세인보다 앞서 걷고 있던 신혼부부로 보이는 이들이 뭐가 그리

좋은지 잡은 손을 흔들면서 까르르 웃음을 터트렸다. 그때 누군가 세인의 어깨에 손을 얹었다. 깜짝 놀라서 돌아보니 민수였다. 사범대생인 민수는 주말인데도 늦게까지 독서실에서 공부하고 집으로 오는 길이었다. 현수와는 다르게 늘 강한 아이였다. 뿌리가 땅 속 깊이 든든히 박힌 나무처럼 결코 꺾어지지 않고 자신의 삶을 살아갈 수 있는 아이였다. 무엇보다 타인을 이해하는 부드러움과 성실한 마음을 갖고 있었다. 세인이 재혼하겠다고 했을 때 진심으로 기뻐한 사람도 민수였다. 아마 민수가 반대했었다면 세인은 재혼을 포기했을지도 모른다.

민수가 입가에 미소를 지으며 세인을 바라봤다. 세인은 민수의 손을 잡았다. 단단하면서도 부드러운 손이 느껴졌다. 세인은 민수의 손을 잡고 모처럼 정답게 걸었다.

"엄마, 왜 혼자 산책하세요?"

언제나 새아버지와 함께 산책한다는 것을 알고 있는 민수는 뜻밖이라는 듯이 물었다.

"가끔은 혼자 산책하고 싶을 때도 있잖아."

힘없는 목소리로 세인이 말했다.

민수는 엄마가 동생 때문에 많이 힘들어 한다는 것을 알고 있었고, 그런 엄마가 가엾어 보였다. 아버지가 살아계셨을 때, 현수가 아버지를 유별나게 사랑했다는 것을 알기에 현수를 이해하면서도 한편으로는 여전히 어린아이처럼 제 감정대로 행동하는 것이 안타까웠다.

언젠가 현수는 오토바이를 타고 골목길에서 달리다 주차해 놓은 남의 차를 들이박는 사고를 낸 적이 있었다. 연락을 받고 달려간 엄마가 차 주인에게 부서진 차를 완전하게 수리해 주는 조건으로 합의를 본 뒤, 현수의 손을 잡아끌다시피 해서 집으로 데리고 왔다. 현관에 들어서자마자 현수는 엄마의 손을 거칠게 뿌리치며 말했었다.

"내 아버지도 아닌데, 난 아버지라고 부를 수 없어. 내겐 오직 돌아가신 아버지뿐이란 말이야. 강요하지 마! 절대로 난 아버지라고 부르지 않겠어. 엄마는 행복하게 살아, 난 이 집을 나갈 거야. 다시는 돌아오지 않아!"

반성은커녕 폭탄을 터트리듯 엄마에게 모진 말을 쏟아낸 뒤 현수는 다시 집을 나가버렸다. 민수는 그런 동생을 붙잡을 수 없었다. 이미 형의 말을 들을 아이가 아니었다. 그때 이후로 민수는 동생의 얼굴을 보지 못했다.

"현수 때문에 힘드시죠?"

민수가 다정한 목소리로 말했다.

세인은 대답 대신 민수를 잡은 손에 힘을 주었다. 내 핏줄이구나 생각하니 갑자기 민수가 그렇게 의지가 될 수 없었다. 나무에서 작은 박새 한 마리가 푸드덕 날아갔다. 새가 앉았던 나뭇가지가 가볍게 흔들렸다.

"그래, 현수 때문에 한시도 편하지 않아. 재혼한 게 나만의 행복을 위한 건 아니었을까, 그런 생각이 들어서."

그렇게 말하는 세인의 눈이 아파왔다.

"엄마, 아니에요. 잘 선택하신 거지요. 우린 결국 우리 자신의 삶을 찾아 떠나가잖아요. 아마 현수도 머지않아 돌아올 것이고, 엄마를 이해하겠지요."

"정말 그렇겠니?"

세인은 민수의 말이 큰 위로가 되었다. 자신을 이해해 주는 민수가 새삼 고맙고 든든했다. 산책로를 따라 손을 잡고 걸으며 세인과 민수는 집으로 돌아왔다.

현수는 오전 내내 잠을 자고 오후 한 시가 되어서야 고시원에서 나와 일하고 있는 피자집으로 향했다. 집을 떠나서 맨 먼저 부딪힌 건 매일의 양식을 스스로 구해야 한다는 것이었다. 그래서 선택한 일이 피자 배달하는 일이다. 오토바이를 타고 동네 곳

곳에 피자를 배달하기 위해서 달려갔다. 현수는 피자를 배달하는 일이 세상에서 가장 쉬운 일처럼 느껴졌다. 오토바이를 타고 달리면서 차들과 사람들 사이를 아슬아슬하게 빠져나갈 때 생생한 긴장과 완전한 존재감을 느꼈다. 순간순간 크게 소리라도 내지르고 싶은 충동을 참았다. 학교를 자퇴하게 된 결정적인 계기가 오토바이 폭주로 인한 사고 때문이었다면, 매일의 양식을 구하기 위해 쓸모를 발휘한 것도 오토바이였다.

"그래, 몸은 약해 보이는데 오토바이는 탈 줄 아나?"

피자집 주인은 그렇게 물었었고, 현수가 잘 탄다고 하자 그날부터 바로 일할 수 있게 되었다. 고소한 피자 냄새를 맡으면서 배달하는 일이 현수에게는 꽤 괜찮은 일이라고 생각되었다. '직업엔 귀천이 없다'고 사람들은 말하면서 정작 얼마나 귀천을 따지고 구별하는지, 현수는 그런 사람들에게 보란 듯이 즐겁게 일하는 모습을 보여주고 싶었다. 피자를 배달하는 일이 얼마나 즐거운 일인지를.

"에덴의 동쪽 피자 두 판!"

주인아저씨는 문을 열고 들어오는 현수를 보자 배달 상자에 피자를 넣으면서 말했다. 에덴의 동쪽은 오토바이로 달려서 10분 정도 거리에 있는 아파트 단지다. 현수는 꽤 달릴 수 있겠구나 생각하면서 헬멧을 썼다. 고급 피자 한 판 값 정도에 피자 두 판이 나가는데다 맛도 괜찮은 편이라 피자는 잘 팔렸다. 현수가 자정이 지나서 고시원에 돌아올 때쯤이면 몸은 땀과 열기에 젖어 뜨거운 햇빛에 시든 풀잎처럼 완전히 지쳐버리고 말지만, 그래도 오토바이를 탈 때 현수는 가장 행복했다.

벨을 눌렀을 때 현수 또래의 얼굴이 유난히 하얀 여학생이 문을 열어 주었다. 거실에는 모임이 있는지 여학생들이 상에 둘러앉아 지저귀는 새들처럼 즐겁게 재잘거리고 있었다. 거실 입구에다 피자를 내려놓는 현수를 여학생들이 호기심 어린 눈빛으로 슬쩍슬쩍 쳐다봤다. 현수는 조금 행동이 어색해졌다. 언뜻 여학생들이 입은 푸른색 교복이 눈에 들어왔다. 현수는 그 교복이 자신과 그들을 다른 세상의 사람으로 구분하는 것 같아 왠지 자신이 초라해지는 것을 느꼈다. 피자를 내려놓자 여학생이 미리 준비한 돈을 내밀었다. 하얀 손이 정결해 보였다. 현수는 딱 맞게 내민 돈을 주머니에 넣으면서 현관문을 열었다. 여학생들의 눈길이 모두 현수의 등에 꽂히는 것을 따갑게 느끼면서 현수는 문을 닫았다. 무엇 때문인지 까르르 웃는 여학생들의 웃음소리가 문밖까지 들려왔다.

현수는 아파트를 벗어나자 아스팔트를 질주했다. 질주하면서 자신의 초라함을, 여학생들의 그 까르르거리던 웃음소리를 모두 털어버리고 싶었다. 팔월의 따가운 햇볕 때문에 현수의 얼굴에는 눈을 제대로 뜰 수 없을 만큼 땀이 흘러내렸다. 여기저기서 불안한 자동차의 소음이 들려왔다. 현수의 오토바이는 자동차 사이를 아슬아슬하게 뚫고 쏜살같이 달렸다. 차 안의 사람들은 모두 공포를 느꼈지만 정작 현수는 아무 공포도 느끼지 않았다.

세인은 그와 오랜만에 교외에 있는 아담한 전통찻집에서 마주 앉았다. 찻상에 놓인 다구들은 모두 백색의 도자기로 정갈해 보였다. 따라 들어온, 긴 머리를 단정하게 말아서 정수리까지 틀어 올린 주인 여자가 다관에 찻잎을 넣어 많이 우려낸 후 드시라고, 그래야 향기로운 차향을 오래 맡을 수 있다고 일러준 뒤 뒷걸음치듯 조심스럽게 방을 나갔다. 뭔가 여운을 남기는 듯한 여자의 태도가 은은한 차향을 닮았다고 세인은 생각했다.

바깥에는 갑자기 소낙비가 쏟아지고 있었다. 빗소리를 들으면서 세인은, 우려진 차를 무늬 없는 소박한 찻잔에 천천히 따라서 그에게 건넸다. 정결한 모시 방석에 앉아 마당의 파초가 소낙비에 한껏 젖는 소리를 들으며 향긋한 차를 마시니 복잡한 머릿속이 맑아졌다. 가슴의 통증도 한결 가시는 것 같아 세인은 모처럼 여유로웠다. 찻집에서 나는 온갖 향기로운 차향이 앉아 있는 세인의 마음을 편안하게 해주었다.

마당에 비 내리는 소리, 나뭇가지에 비를 피해 앉은 새들이 이따금 지절거리는 소리, 들릴 듯 말 듯 나누는 사람들의 낮은 목소리, 그런 좋은 소리들이 다관에서 잘 우려진 차향과 어우러져 세인의 마음에 오래 잊고 지내던 소박한 안정감을 가져다주었다. 현수 때문에 마음의 여유를 잃어버려 그와 함께 외출조차 편하게 하지 못했었다. 그러나 그 밤, 민수와 산책로를 함께 걸으면서 민수가 가져다주었던 위로가 세인에게 큰 힘이 되었다. 민수의 말대로 언젠가 사랑하는 현수가 돌아오리라, 세인은 그렇게 믿어졌다. 세인은 차향을 맡으며 혀끝에 감도는 은근한 맛을 음미하면서 천천히 차를 마셨다.

그는 세인의 얼굴이 모처럼 편안해 보이는 것을 다행이라고 생각하면서 한 모금 차를 들이켰다. 여름에도 차는 따뜻한 것이 좋다. 세차게 쏟아지는 빗소리를 들으며 차를 마시니 깊은 산 속 어딘가에 와 앉아 있는 것 같다. 그런 고요한 마음 가운데 문득 현수가 떠올랐다.

현수가 자신 때문에 집을 나갔다는 것이 그의 마음을 무겁게 짓누르고 있었다. 세인에게도 그런 지신의 마음을 말하지 않았다. 세인의 마음에 고통을 더 보탤 뿐이라는 생각 때문이었다. 하지만 세인은 그의 그런 무관심해 보이는 묵묵한 태도를 섭섭해 했다. 그가 진심으로 현수를 걱정한다는 것을 알지 못했다.

그는 현수를 이해할 수 있었다. 현수는 다른 애들보다 솔직한 성품을 가지고 있었고, 그래서 자신의 감정을 잘 숨기지 못했다. 마주치면 무뚝뚝하고 화난 듯이 그를 바라보던 현수. 그가 처음 세인의 아이들을 만났을 때 민수보다 현수에게 더 마음이 간 것은 현수의 얼굴이 세인을 많이 닮기도 했지만, 현수에게는 뭔가 깨어질 것 같은 연약함과 불안함, 섬세한 감정들이 그 아이의 눈빛에 그대로 드러나 있었기 때문이었다. 사랑이 필요한 아이구나, 생각이 들었다.

반면에 민수는 타고난 지성과 성실함이 한눈에도 듬직했고 신뢰가 갔다. 자신의 인생을 잘 살아가리라는 확신이 들었다. 러시아에서 유학 중인 지선에게 느껴지는 신뢰와 같은 것이었다. 지선은 엄마가 교통사고로 죽고 나서도 언제나 꿋꿋했다. 슬픔을 드러내놓고 슬퍼하지 않을 만큼 생각이 깊었고, 아버지인 그를 생각했다. 그리고 러시아로 유학을 갈 때도 혼자 남겨지게 될 아버지를 진심으로 걱정하면서 떠나갔다. 그가 재혼한다고 했을 때 가장 기뻐해 준 사람도 지선이었다. 지선과 민수는 전혀 다른 핏줄이면서도 서로 닮아 있었다. 그러나 현수는 그들과는 완전히 다른 아이였다. 그래서 그는 현수에게 더욱 애정을 느꼈다.

현수에게는 좋은 아버지가 필요했다. 그는 현수에게 정말 좋은 아버지가 되고 싶었고, 지금도 그 마음은 한결같다. 현수가 저 혼자 세상 속을 헤매다 깨어지고 부서질지라도 많은 것을 깨닫고, 결국 집으로 돌아오리라고 그는 확신했다. 다만 그 시간이 너무 길어지지 않기를 바랄 뿐이다.

"무슨 생각을 그리 골똘히 하세요?"

세인이 생각에 골몰한 그를 보고 말했다.

"현수 생각. 현수가 보고 싶네."

그렇게 말하는 그의 목소리에 울림이 느껴져서 세인은 가슴이 뭉클했다.

그가 현수에게 무관심하다고 속으로 원망했었는데 오해였다는 생각이 들었다. 현수를 마음에 담고 있으면서도 그것을 말로 표현하지 않은 것뿐이라는 생각이 들자 세인은 그런 그가 고마웠고, 오해한 자신이 미안해졌다.

"고마워요."

"고맙다니⋯."

다시 고요한 침묵이 흘렀다.

소낙비가 그치려는지 빗소리가 처음보다 많이 가늘게 들렸다. 세인은 마당의 파초에 눈길을 주면서 식은 차를 마셨고, 그는 그대로 다시 생각에 잠겼다. 때로 고요한 침묵이 말보다 훨씬 더 마음과 마음을 잇대어 주고 깊은 곳까지 소통시켜 준다. 파초 잎에 떨어지는 잦아드는 빗소리도, 찻잔에서 은은하게 퍼지는 차 향도 어느새 두 사람의 마음에 깊이 젖어들고 있었다.

어디선가 대금소리가 들려왔다. 빗소리와 닮았다. 한낱 풀잎에 맺힌 아침이슬 같은 무상한 인생을 대금만큼 잘 표현하는 악기는 없을 것이다.

현수는 피자를 배달하고 오는 길에 차에 부딪힐 뻔했다. 오토바이를 타고 달리는데 햇빛이 너무 눈부셨다. 순간 현수는 현기증을 느꼈다. 머리가 한 번 빙글 도는 순간 깜깜해지며 앞이 보이지 않았다. 오토바이가 비틀거렸고, 뒤에서 달려오던 자동차가 급브레이크를 밟았다. 자동자의 급하고 신경질적인 경적 소리가 몇 번 울렸다. 현수는 간신히 오토바이를 보도 전신주에 기대 세웠다. 지나가던 사람들이 힐끗힐끗 현수를 쳐다봤다. 현수는 이마에 흐르는 땀을 닦고 잠시 앉아 있었다. 어지럼증이 가라앉고 정신이 들자 다시 오토바이를 탔다. 피자집에 도착했을 때

주인은 놀란 얼굴로 현수의 안색을 살피면서 말했다.

"너, 오늘 어디 아프나? 안색이 안 좋아 보인다."

"괜찮아요. 좀 피곤해서 그래요."

현수는 얼굴을 손바닥으로 한 번 감쌌다.

사고가 날 뻔했다는 말은 하지 않았다. 그러면 일자리를 잃게 될지도 모른다.

"너 말고는 당장 배달할 애가 없으니 쉬라고 할 수도 없고…."

주인은 말끝을 흐리며 아파트에 배달이 있는데, 하면서 판에서 피자를 꺼내 상자에 담았다. 현수는 어디요? 하고 아무렇지도 않은 듯 밝은 목소리로 물었다.

현수는 매일의 양식을 내 손으로 번다는 것이 쉬운 일이 아님을 깨달았다. 문득 아버지가 돌아가시고 나서 보험회사에 다니기 시작한 어머니가 매일 지쳐서 돌아오곤 하던 모습이 떠올랐다. 그때 많이 힘드셨겠구나, 현수는 생각했다. 어머니를 사랑한다고 하면서 어머니가 힘들어하는 것에 대해서는 생각하지 못했다. 언제나 필요한 것은 알라딘의 마술램프처럼 주문만 외우면 저절로 생기는 것처럼 당연하게 생각했다. 마술램프에 필요한 것을 채우기 위해서 어머니가 얼마나 힘들게 일하는지는 생각하지 못했다. 현수는 그런 자신이 문득 부끄러워졌다.

현수는 배달 상자를 들고 다시 배달하기 위해서 오토바이에 올라탔다.

"짜샤, 돈 많이 벌었냐?"

자정 가까이 되어 땀에 절어서 고시원에 돌아온 현수를 녀석들이 기다리고 있었다. 현수는 그 녀석들을 보는 순간 달아나고 싶었다. 돈을 빼앗기 위해서 온 것이다. 현수는 녀석들과 함께 오토바이 사고를 냈고, 함께 무리지어 다니면서 힘없는 아이들을 폭행하고 돈을 빼앗기도 했다. 그 돈으로 밤새도록 PC방에서 게임을 하고, 담배를 피우고 술을 마셨다. 그런 것에 빠져있을 때 현수는 자신이 한 편의 영화 주인공이라도 된 듯한 몽롱한 착각에 빠졌고, 현실을 잊어버리곤 했다. 그런데 어느 새벽녘, 녀석들의 자취방에서 술병과 담배꽁초 속에 널브러져 자다 깨어난 자신의 모습을 보자 마치 더러운 하수구를 기어 다니는 거머리처럼 징그럽게 느껴졌다. 그토록 타락해버린 자신이 혐오스러웠다. 현수의 내면 깊은 곳에 남아 있던 성실성이 자신을 돌아보게 한 것이다. 추하고 비참한 몰골의 한 초라한 인간. 현수는 그런 자신을 추스르고 싶었다. 그러나 집으로 돌아갈 용기는 나지 않았다. 대신 현수는 그 녀석들로부터 과감하게 떨어져 나와

홀로 쪽방으로 들어갔다. 스스로의 힘으로 정직하게 살아보고
싶었다.

"들어갈까? 여기서 기다릴까?"

녀석들은 건들거리며 현수를 노려보았다. 현수는 그런 녀석들
의 눈빛을 피하지 않았다.

"없어. 그냥 돌아가."

현수는 녀석들을 똑바로 쳐다보면서 말했다. 녀석들 중에 덩
치가 제일 큰 놈이 먹이를 찾아 어슬렁거리는 곰처럼 현수에게
다가왔다. 현수는 그대로 서 있었다. 녀석은 현수의 가슴을 사정
없이 주먹으로 쳤다. 현수는 그 자리에 맥없이 쓰러졌다. 녀석들
세 명이 한꺼번에 달려들어 현수를 구타하기 시작했다. 현수는
아무리 맞아도, 맞아서 정신을 잃는 한이 있어도 절대로 녀석들
에게 돈을 주지 않겠다고 생각했다. 타협하기 싫었다. 한 번 타
협하면 그만 올무에 갇힌 새처럼 자유를 잃어버리고 말 것이기
때문이다. 시간이 얼마나 지났을까. 계단을 올라오는 사람들의
웅성웅성하는 말소리가 희미하게 들려왔다. 소리들은 점점 가까
이 다가왔고, 녀석들이 반대쪽 계단을 향해 후다닥 급하게 달아
났다. 녀석들의 달아나는 발소리를 희미하게 들으면서 현수는
그만 정신을 잃고 말았다.

현수가 병원에 실려 갔다는 고시원 관리인의 연락을 받은 것은 새벽 한 시가 넘어서였다. 세인은 잠이 오지 않아 책을 읽고 있던 중이었다. 현수가 집을 나가고부터 세인은 하루도 편한 잠을 자 보지를 못했다. 마음속에 바람 같은 것이 가득 차 있어서 그 바람은 밤마다 세인을 뒤척이게 했고, 눈물의 기도를 드리게 했고, 가슴에 깊은 통증을 느끼게 했다. 현수가 반드시 돌아오리라는 것을 믿으면서도 그 아이의 모습이 떠오를 때마다 마음은 늘 현수에게로 달려가곤 했다. 그리고 깊은 밤에도 현수가 현관문을 열고 들어올 것 같아 마음과 눈이 늘 문 쪽으로 향했다. 문 밖의 작은 소리에도 귀는 늘 세밀하게 열려져 있었고, 덜컥 소리라도 나면 현수가 아닐까 가슴이 뛰었다.

세인은 연락을 받자마자 바로 뛰어나갔다. 그는 출장 중이었고, 민수는 일주일 전에 교회 선배들과 함께 베트남으로 단기선교를 떠나고 없었다. 세인 혼자였다. 차를 어떻게 몰았는지 정신없이 병원에 도착했다. 깊은 밤인데도 대낮처럼 부산한 응급실에 들어서자 여기저기 누워 있는 환자들 가운데 벽 쪽에 누워 있는 현수가 바로 눈에 들어왔다. 세인은 침대 쪽으로 급히 걸어갔다. 손등에 링거 바늘이 꽂혀 있었다. 바늘이 꽂힌 자리에 퍼런 멍이 들어있다. 세인은 현수의 얼굴을 가만히 손으로 쓸어보았다. 창백하고 여윈 얼굴이 애처로웠다.

"왼쪽 갈비뼈 세 개가 골절된 상태입니다."

언제 왔는지 의사가 세인 옆으로 다가오면서 말했다. 삼십 대의 젊은 의사는 소신에 찬 얼굴을 하고 있었다. 세인은 다른 곳은 이상이 없느냐고 물었다. 다른 이상은 검사를 해봐야 알 수 있다고 말하면서, 의사는 약간 기운 듯한 링거병을 슬쩍 손으로 만졌다. 그리고 현수의 얼굴을 살펴본 후에 세인에게 어서 입원을 시키라고 말했다. 세인은 마음이 급해져서 미처 대답도 하지 못한 채 접수처로 달려가 입원 수속을 밟았다.

현수는 깊은 잠에 빠져 있었다. 얼마나 깊이 잠들었었는지 눈을 뜨니 마치 다른 세상 속에 홀로 누워있는 듯 쓸쓸한 생각이 들었다. 숨을 쉴 때마다 가슴에서 심한 통증이 느껴졌다. 녀석들에게 맞으면서 현수는 마음이 오히려 홀가분했었다. 이렇게 짓밟히고 나면 더 이상 짓밟힐 게 없고, 그러면 녀석들에게서 자유로울 수 있으리라는 생각이 들었기 때문이다.

"깨어났구나!"

현수가 눈을 뜬 것을 보자 세인은 너무 반가웠다.

현수는 그제야 자신이 침대에 누워 있고, 이곳이 병실이라는 사실을 알았다. 그리고 엄마가 곁에 있다는 것도. 갑자기 엄마의 얼굴을 보자 눈물이 핑 돌았다. '이 세상에 나 혼자구나.' 생각했었는데 엄마가 곁에 있었다. 집이 싫어서 집을 뛰쳐나왔는데 엄마를 보는 순간 돌아갈 집이 있다는 사실이 기쁨이 되어 현수의 마음을 뛰게 했다.

"많이 아프지? 넌 맞아서 정신을 잃고 이곳에 실려 왔어. 갈비뼈가 부러졌대."

세인의 말을 듣고 있던 현수의 눈에 그늘이 졌다. 세인의 목소리가 마음에 스며들듯 다정하게 들려왔다. 세인은 현수의 얼굴을 조용히 바라보았다. 그 얼굴에서 오래전 아빠를 사랑하고, 엄마를 사랑했던 사랑스런 아들의 모습을 다시 보는 것 같았다. 비록 얼굴과 몸은 형편없이 초라해져 있었지만 침대에 누워서 엄마를 바라보는 현수의 눈길에는 아들다운 겸손함과 애정이 가득 담겨 있었다. 세인은 현수의 손을 두 손으로 꼭 쥐었다. 따뜻했다. 그 따뜻함은 서로 피가 통하고, 마음이 통하고, 슬픔도 기쁨도 그 모든 것을 함께 공유하는 아들과 엄마 사이에서만 느낄 수 있는 것이었다.

"죄송해요."

"아니다. 많이 아프진 않니?"

"엄마가 보고 싶었어요."

많이 아프냐고 묻는 세인에게 현수는 대답 대신 엄마가 보고 싶었다고 대답했다. 눈시울이 젖어들면서 세인의 가슴속에 뭔가 충만한 것이 가득 차오르기 시작했다. 그것은 현수가 밖을 떠돌면서부터 잃어버렸던 기쁨이었다. 세인은 말없이 현수의 이마에 흘러내린 머리카락을 위로 쓸어주었다. 세인은 이제 다시는 현수가 집을 떠나 떠돌지 않을 거라는 확신이 들었다. 현수의 눈빛이 그렇게 말하고 있었다.

출장에서 돌아오는 길에 세인에게 연락을 받은 그는 바로 병원으로 차를 몰았다. 왠지 걱정보다는 현수를 본다는 생각에 가슴이 뛰었다. 한 번도 현수에게 아버지라고 불린 적이 없지만 그런 현수에게 더욱 정을 느끼는 그였다. 그는 병원 입구에 있는 꽃집에 들러 꽃을 샀다. 많은 꽃들 중에서 유독 노란 미니 해바라기가 마음에 들었다. 황금 빛깔의 당당함과 크고 둥근 꽃 모양이 넓은 포용과 희망을 노래하는 것 같았기 때문이다. 그가 현수에게 바라는 마음을 해바라기로 대신할 수 있을 것도 같았다. 솜씨 좋은 꽃집 아가씨는 미니 해바라기 일곱 송이로 순식간에 예쁜 꽃다발을 만들어주었다.

병실을 들어서자 창문 쪽을 향해 앉아 있는 세인의 등이 보였다. 현수의 눈빛이 그의 눈빛과 마주쳤다. 그는 활짝 웃어 보였다. 현수도 아주 희미하게 미소 지었다. 그제야 세인이 뒤를 돌아보았다. 그는 꽃다발을 든 손을 뒤로 한 채 웃으면서 뚜벅뚜벅 침대 가로 걸어갔다.

"현수야, 선물!"

그는 뒤로 숨겼던 해바라기 꽃다발을 현수에게 활짝 내밀었다.

"아, 너무 예뻐요!"

세인이 대신 꽃을 받으며 감탄했다.

소낙비 내리던 날, 차 안에서 바라보던 그 길가의 노란 해바라기가 생각났다. 현수도 해바라기를 보자 얼굴이 밝아졌다. 세인이 누군가 갖다 놓은 초록색 상자 안에다 꽃다발을 담았다. 주변이 환해졌다. 그는 현수의 손을 잡았다. 현수는 그를 잡은 손에 힘을 주었다. 크고 단단한 손이 편안했다. 아버지의 손이다. 현수는 왜 그토록 그를 미워했는지 정말 미안했다. 아버지! 현수는 속으로 낮게 불러 보았다. 얼마나 그리운 이름인지…. 현수의 눈에서 애써 참고 있었던 눈물이 흘렀다.

어떤 해후

깨뜨려버릴 듯 세차게 베란다 창을 흔들며 밖에
는 겨울바람이 휘몰아치고 있다. 두 병의 포도
주를 다 비운 그녀가 낮은 목소리로 '동심초'를
불렀다.

"레드 와인 좋아하니?"

그녀는 주방 옆쪽으로 나있는 베란다 문을 열다가 슬쩍 내 쪽
으로 얼굴을 돌리며 물었다. 그녀의 무표정한 얼굴에서 그저 건
성으로 묻는다는 것이 느껴져 나는 대답 대신 어색하게 웃어 보
였다. 칼끝 같은 한겨울의 찬바람이 열린 문으로 오싹한 냉기를
몰고 왔다. 몸에 오스스 소름이 돋았다. 연일 영하 20도를 오르
내리는 매섭도록 추운 날이 이어지고 있었다. 그녀는 어느새 양
손에 한 병씩 창고에서 꺼낸 포도주를 들고 서서 짓궂은 소년 같
은 미소를 지어보였다. 그녀의 손에 들려져 있는 두 병의 포도주
에는 한눈에도 값싸 보이는 스페인산 상표가 붙어 있었다. 나는
문득 십 년 전의 그녀를 떠올렸다. 그때 그녀가 포도주를 마신

적이 있었나? 포도주병을 들고 서 있는 그녀는 내게 낯설었다. 그녀가 움켜쥔 포도주병의 길고 가느다란 목이 금방이라도 부서질 듯 위태로워 보였다. 그녀는 식탁 위에 조심스럽게 포도주병을 놓으면서 말했다.

"너를 보니까 살아있다는 게 너무 신기하네. 정말, 살아있으니까 이렇게 만나는구나."

그녀는 나를 빤히 쳐다보았다. 그녀의 두 눈에 금방이라도 흘러내릴 듯 그렁하게 눈물이 고였다. 눈물 고인 그녀의 눈을 보자 조금 뜻밖이라는 생각이 들었다. 그녀가 나를 사랑한다고 생각한 적이 한 번도 없었다. 언제나 내가 그녀를 더 좋아했었고, 내게는 첫사랑이었던 것이다.

어린 시절을 한동네에서 살아 같은 초등학교를 다녔다. 사춘기를 함께 공유했었고, 친구들에게 '그림자 같다' 는 말을 들을 만큼 나는 그녀 주위에서 맴돌았었다. 힘든 고등학교 시절도 그녀와 같은 학원에 다닌다는 사실 때문에 즐거웠을 만큼 한때, 그녀는 내게 너무도 친밀하고 소중한 존재였었다. 그러나 그런 내 생각과는 달리 어느 순간부터 그녀는 내게서 조금씩 멀어져갔다. 거의 매일 보던 것이 일주일에 한 번, 한 달에 한 번, 그리고 어느 날부턴가는 전화마저 받지 않는 상태로 그렇게 점점 멀어져갔다.

그녀가 어느 날 차가운 얼굴로 더 이상 만나지 않겠다고 일방적으로 이별을 선언했을 때, 나는 '왜?'라고 이유를 물었고 그녀는 입술을 굳게 다문 채 끝내 아무 말도 하지 않았다. 이유도 모르는 채 당한 이별의 슬픔은 고스란히 나만의 몫으로 남겨져 나를 깊은 좌절에 빠뜨렸었다. 지독한 상실감 때문에 나는 그때 이런저런 이유로 미뤄오던 군에 입대해버렸다. 힘겨운 군 생활은 내 기억 속에서 그녀에 대한 기억들을 하나씩 하나씩 지워나가게 했다. 상실감이 컸던 만큼 망각의 힘도 컸다. 그러나 소문으로 그녀가 결혼했다는 이야기를 들었을 때, 잊고 있던 그리움과 고통이 몸 속 어디에 그렇게 숨어 있다가 스멀스멀 밀려드는 것인지, 나는 한동안 무척 괴로웠었다. 그렇게 괴로움 속을 오래 헤맨 후에 나는 더 이상 그녀를 생각하지 않았다. 그런데 지금, 우연히 십 년 만에 만난 그녀는 꿈속에서라도 나를 한번 만나고 싶어 했었다며 전혀 예기치 않은 고백을 하는 것이다.

"언제부터 포도주를 마셨어?"

코르크 마개를 따고 포도주를 유리 글라스에 따르는, 푸른 핏줄이 메마른 나뭇가지처럼 이리저리 도드라져 보이는 그녀의 메마른 손을 보면서 내가 물었다.

"언제부터였을까… 그래, 사는 일이 너무 끔찍했어. 정말이지 덧없는 날들이 그저 그렇게 흘러갔어. 어느 날, 백화점 지하 주류전문매장에서 화려하게 진열된 독특한 모양의 병들과 그 속에 담긴 포도주를 봤어. 매혹적인 포도주 색깔이 내 눈길을 잡아끌었어. 마치 무엇에 홀린 듯이 주류 매장 안으로 들어가게 됐어. 몇 천 원에서부터 수십만 원까지 천차만별의 가격대와, 발음하기조차 힘든 상표들. 원산지가 각기 다른 이국의 포도주들은 마치 멋진 의상을 걸치고 서 있는 쇼윈도의 마네킹처럼 내 마음을 유혹했어.

'콩코드 스위튭니다. 연인들이나 포도주를 처음 마시는 분들에게 아주 좋아요. 한번 시식해보시겠어요? 가격도 저렴하고, 피부미용과 혈액순환에도 아주 좋아요.'

긴 목에 빨간 스카프를 맨 판촉 아가씨는 그렇게 말하며 시식용 포도주를 내게 건넸어. 한 모금밖에 되지 않는 그것을 홀짝 들이켰을 때 혀끝을 감돌다 점점 목 안으로 스미며 퍼지는 달콤하고 향긋한 그 맛이라니…. 지금 나는 포도주가 없으면 살 수 없어. 매일 포도주를 마셔. 아, 이 붉은 색깔 좀 봐!"

정신없이 말들을 쏟아내며 그녀는 자신의 잔을 들어 내 잔에 살짝 갖다 댔다. 선명한 트라이앵글 같은 소리를 내며 유리잔에 담긴 붉은 포도주가 찰랑댔다. 그녀는 유리잔에 삼 분의 이쯤 담긴 포도주를 단숨에 들이켰다. 술을 거의 안 마시는 나는 그저 혀끝만 축이고 잔을 내려놓았다. 단 맛은 별로 없는데 혀끝에 포도의 향이 감돌았다. 그녀는 한 병의 포도주를 금방 다 마셔버렸다. 그녀가 포도주를 마시는 모습은 식사에 곁들여 천천히 향을 음미하며 마시는 술이 포도주라는 내 상식을 완전히 무색케 했다.

그녀는 내가 알지 못하는 어떤 세계 속에 빠져들어 몽롱하게 헤매는 것 같다. 만나지 못한 십 년 동안 어떻게 살았는지, 갈급하게 포도주를 마시는 그녀를 보자 왠지 마음 깊은 곳에서 안쓰러운 연민이 차올랐다.

겨우 혀끝만 축였을 뿐인데 입 안 가득 포도주의 향이 배어 있다. 그 향을 털어버리듯 나는, 접시 위의 사과를 한 입 베어 물었다. 사과는 어느새 향기를 잃고 약간 변색돼있었지만 그런대로 시원한 물기가 남아있어 입 안을 적셔주었다. 사과를 먹으면서 생각했다. 대부분의 과일들은 나무에서 따서 잘 손질해 상자에 담는 그 순간부터 서서히 제 맛을 잃고 시들어버린다는 것을. 어쩌면 생명의 근원에서 떨어지는 모든 것이 다 그럴 것이다. 사람의 생명도 별반 다르지 않다.

깨뜨려버릴 듯 세차게 베란다 창을 흔들며 밖에는 겨울바람이 휘몰아치고 있다. 두 병의 포도주를 다 비운 그녀가 낮은 목소리로 '동심초'를 불렀다.

꽃잎은 하염없이 바람에 지고
만날 날은 아득타 기약이 없네
무어라 맘과 맘은 맺지 못하고
한갓되이 풀잎만 맺으려는고
한갓되이 풀잎만 맺으려는고

바람에 꽃이 지니 세월 덧없어
만날 날은 뜬구름 기약이 없네
......

그녀의 젖은 목소리에서 노래가 울려나왔다. 눈물이 고이듯 쓸쓸했다. 나는 속으로 낮게 따라 불러보았다. 그런데 갑자기 현이 끊어지듯 노래가 뚝, 끊어졌다. 노래를 부르던 그녀가 식탁 위에 두 팔을 겹친 채 얼굴을 깊이 파묻고 스르르 잠들어버린 것이다. 나는 어이없는 마음으로 그녀를 바라보았다. 잠든 그녀의 어깨와 등으로 붉은 머리카락이 아무렇게나 흘러내려와 있었다. 가만히 그 머리카락을 보노라니 이제는 아득해져 버린 옛일들이 생각났다.

"저 애는 머리카락이 검고 숱이 많은 게 꼭 삼단 같아."

사춘기 시절, 엄마는 그녀의 양 갈래로 땋은 치렁치렁한 머리카락이 삼단(대마를 묶은 단) 같다고 한 번씩 볼 때마다 부러움 섞인 감탄을 내뱉곤 했다. 나는 그럴 때마다 그녀가 내 여자 친구라는 것이 자랑스러워 괜히 어깨가 으쓱해지곤 했었다. 내 또래 녀석들이 여자하고만 논다고 놀릴 때도 나는 아무렇지 않았다. 오히려 놀릴 때마다 나처럼 예쁜 여자 친구를 가지지 못한 못난 녀석들의 시샘이라 생각하면서, 태연하게 주머니에 두 손을 찔러넣고 휘파람을 날리며 녀석들이 보란 듯이 더욱 바싹 그녀 곁에서 걸어가곤 했었다. 하늘하늘 아지랑이가 피어오르던 따스한 봄날의 담벼락을 따라 고개를 약간 숙인 채 걸어가던 그녀의 얼굴은 햇빛 아래서 더욱 희어 보였었다. 짧은 주름치마 아래 드러난 그녀의 곧게 뻗은 종아리는 또 얼마나 희고 투명하게 빛나던

지, 나는 두근거리는 마음으로 슬쩍슬쩍 그녀의 종아리를 곁눈
질하면서 그렇게 나란히 걷곤 했었다.

"우리 좀 걷자."

군대에서 첫 휴가를 나왔다 돌아가던 날, 용기를 내어 애원하
다시피 해서 그녀를 딱 한 번 다시 만났다. 그녀는 여전히 차갑
고 쌀쌀맞게 나를 대했다. 내 마음은 허무한 미련과 왜 그녀가
내게서 떠나갔는지 알 수 없는 데서 오는 자괴감, 그러면서도 그
녀에 대한 그리움 때문에 몹시 아팠다. 함께 가로수 길을 걸어가
면서도 서로 아무 말도 하지 않았다. 한낮의 가로수 그늘을 밟으
며 그저 걷고 또 걸었다. 바람이 불면 잠시 멈춰 서서 바람을 맞
았고, 다시 걸었다. 해가 질 때까지 굳게 입을 다문 채 오직 걷기
만 하였다. 그녀가 옆에서 또각또각 구두 소리를 내며 그림자처
럼 따라 걸었다.

가로수가 끝나는 길목에 어느새 어두운 밤이 걸려 있었다. 가
로등이 하나둘 켜지기 시작했다. 창문가에 저마다 장식처럼 작
은 화분을 놓아둔 여관들이 즐비하게 늘어선 골목을 따라 나는
성큼성큼 걸어 들어갔다. 그녀의 구두 소리가 또각또각 지치지
도 않고 따라 왔다. 대문 앞에 노란 해바라기 몇 송이가 등불처
럼 환히 피어있는 어느 여관 앞에서 나는 멈춰 섰다.

"잠시만 여기서 쉬었으면 좋겠다. 떠날 시간이 좀 남았거든."

그녀도 걷는 일에 지쳤는지 내 말에 고개를 끄덕였다. 그녀는 순순히 여관 안으로 따라 들어왔다. 마당이 있는 여관은 집처럼 편안한 느낌을 주었다. 숙박계를 든 뚱뚱한 주인 여자가 넉살스럽게 웃으며 우리를 방으로 안내했다. 여관방은 깨끗하게 정돈되어 있었다. 나는 요를 깔고 그대로 털썩 누워버렸다. 피곤이 몰려왔다. 그녀는 벽에 등을 기대고, 고개를 숙인 채 마치 없는 듯이 고요히 앉아 있었다.

"여기 와서 좀 눕지. 편한데…."

나는 진심으로 그녀가 좀 편히 쉬었으면 좋겠다고 생각하며 말했다. 그녀는 잠시 물끄러미 내 얼굴을 바라보았다. 아무 표정도 없는 담담한 그녀의 얼굴이 아주 멀게 느껴졌다. 나는 그만 눈을 감았다. 조금 후에 내 옆에 그녀가 눕는 기척을 느꼈다. 나는 모르는 척 가만히 있었다. 그렇게 얼마의 시간이 지났을까, 갑자기 그녀의 손이 내 얼굴을 감쌌다. 그리고 귓가에 속삭였다.

"다시는 널 만나고 싶지 않아."

낮고, 서늘한 목소리였다. 그 말을 하고 나서 그녀는 자리에서 벌떡 일어나 탁, 문소리를 내며 방을 나가버렸고, 무거운 뭔가가 내 가슴에서 툭, 떨어지는 것 같았다. 그 후로 다시 그녀를 만나지 못했다.

　서쪽으로 난 유리창을 덮고 있던 붉은 노을이 점점 어둠이 되어 번지고 있었다. 나는 그녀가 깨어나기를 기다리며 첫 면부터 차례대로 읽고 있던 신문을 덮으며 그만 돌아가야겠다고 생각했다. 그녀는 포도주에 너무 깊이 취한 건지 몇 시간이 지났는데도 깨어나지 않았다. 수면제라도 태워서 함께 먹은 건가, 아니면 내가 그냥 돌아가기를 바라며 하염없이 잠든 척 하고 있는 건가, 그런 터무니없는 생각이 들 정도로 그녀는 무심히 식탁 위에 엎드려서 자고 있는 것이다.

　나는 그녀를 덮어 줄 담요를 가져 오기 위해 큰방 문을 열었다. 남의 안방에 마음대로 들어가도 될까 싶어 조금 망설였지만, 그녀가 언제 깰지 알 수 없었고 그만 돌아가야겠다는 생각이 들었기 때문에 실례인 줄 알면서도 안방 문을 열었다. 문을 열자 침대 위쪽 벽에 걸린 큰 사진이 바로 눈에 들어왔다. 사진 속 그녀는 두 손에 든 하얀 백합부케처럼 아름다운 미소를 짓고 있었다. 언제나 나를 아이처럼 순진하게 만들어버렸던 그 미소다. 신랑은 보이지 않았다. 아마 혼자 찍은 독사진인 모양이다. 한 번도 본 적 없지만 그녀와 결혼한 남자는 분명 괜찮은 사람일거라는 생각이 들었다. 그러나 한편으로는 포도주를 마시고 식탁에 엎드려 우울하게 잠들어버린 그녀의 모습이 떠올라 마음이 씁쓸해졌다. 부부 사이란 타인이 결코 이해할 수 없는 것인지도 모른다는 생각이 언뜻 들었다.

나는 그녀의 웃는 얼굴이 아름다운 사진을 꽤 오랫동안 들여다 본 후에 옷장에서 담요를 한 장 꺼내 들고 방을 나왔다. 그녀는 여전히 얼굴을 두 팔에 파묻은 채 계속 잠에 빠져 있다. 나는 담요를 그녀의 등 위에 덮어 주면서 그녀의 붉은 머리카락을 몇 번 쓸어내렸다. 그러자 놀랍게도 그녀가 부스스 깨어났다.

"어, 지금 몇 시니? 내가 너무 많이 잔거지?"

그녀는 약간 쉬어버린 목소리로 느릿하게 물었다.

"그래, 늘 그렇게 마취 당한 것처럼 잠을 자?"

"포도주를 마시면 그래. 내 몸이 술을 못 이기는 거지. 꼭 그렇게 자게 돼. 사실은 그렇게 자는 것이 좋아서 포도주를 마셔. 죽은 듯이 자고 나면 왠지 세상이 달라 보이고 기분이 좋아져. 이해하지 못하겠지만 말이야."

그녀는 그렇게 말하며 두 손을 깍지 끼고, 잠을 털어버리 듯 길게 기지개를 켰다. 엎드려서 잠 잘 때의 모습과는 달리 그런 그녀의 모습은 천연덕스러워 보였다. 잠시 만난 시간 동안 그녀의 행동은 연극을 보듯 내게 낯설고, 과장되게 느껴져 입에서 짧은 한숨이 새어나왔다.

나는 그녀에게 약속이 있어서 그만 가겠다고 말했다. 꼭 지켜야 할 약속은 아니지만 조금 후면 그녀의 남편이 돌아올 것 같았고, 만난다면 무슨 말을 해야 할지 괜히 어색해질 것 같아서 자리를 피하고 싶었다. 아무리 십 년 만에 만난 어릴 적 친구라고 해도 자신이 없는 집에서 남자와 단 둘이 있는 것을 유쾌하게 생각할 남편은 없을 것이다. 나는 정말 꼭 가야한다고 거듭 말했다. 그러자 그녀는 의외의 말을 했다.

"남편은 오지 않아. 그러니까 그냥 있어."

그녀는 마치 내 마음을 알아채기라도 한 듯 어두운 눈빛이 되어 애원조로 말했다. 나는 그녀가 너무나 간절히 원하는 것이 느껴지자 거절할 수 없었다. 해는 완전히 져서 어둠이 온 하늘을 물들이고 있었다.

오늘 하루가 내게는 무척 길고, 그래서 아련하게 느껴진다. 어린 시절, 담벼락 앞에 친구들과 옹기종기 모여 앉아 시간 가는 줄 모르고 돋보기에 모인 따가운 햇볕에 종이 태우기를 하던 그때 같다는 생각이 든다. 기억에서 애써 지웠던 그녀를 영화에서

나 있을 것 같은 우연으로 다시 만났을 때, 내 마음은 신기한 감동으로 출렁였었다.

겨울방학을 맞아 좀 한가하다며 오후에 한 번 들러 저녁이나 함께 먹자는, 중학교 교사인 대학선배를 만나러 왔다가 아파트 주차장에서 우연히 그녀를 본 것이다. 차를 주차하기 위해 백미러를 통해 뒤를 보는 순간 나는 깜짝 놀랐다. 내 뒤를 바짝 따라오고 있는 차 운전자가 바로 그녀였던 것이다. 나는 내 눈을 의심했다. 그동안 나는 그녀가 어디에 사는지 알지 못했고, 알고 싶지도 않았었다. 어느 순간 저절로 잊었다고 하는 편이 맞을 것이다. 나는 그녀를 내 의식 저 밖으로 밀어낸 채 살고 있었고, 이렇게 우연히 만나리라고는 전혀 생각하지 못했다. 한 번의 낙방 후에 붙은 교원 임용고시는 내게 큰 기쁨과 삶의 의욕을 가져다주어 무척 즐거운 하루하루가 펼쳐지는 날들이었다.

그녀는 그다지 변하지 않았다. 숱이 많은 긴 머리도, 창백해 보이는 흰 얼굴도, 어깨를 반듯하게 펴고 고개를 약간 숙인 채 생각에 잠겨서 걷는 모습도 여전했다. 강산이 한 번 변한다는 십년이라는 세월도 그녀의 겉모습을 그다지 변화시키지는 않은 것 같았다. 다만 얼굴에 피곤함이 역력히 드러나 보이게 하는, 눈 주위의 검은 그림자만이 좀 불안해 보일 뿐이었다. 그녀를 만났다는 반가움 때문에 거의 본능적으로 차의 경적을 울렸다. 그녀에게 신호를 보낸 후 주차장 벽면을 향해 차를 세웠다. 일월 한겨울인데도 부츠도 신지 않은 채 짧은 모직치마 아래로 검은 스타킹을 신은 날씬한 다리를 드러내며, 그녀가 붉은 소형차에서 내렸다. 차는 변색이 되어 낡아보였다.

"아! 너, 맞구나. 네 뒤통수만 봤는데도 혹시 네가 아닐까 생각했어. 도로에서 네가 우리 아파트 쪽으로 좌회전 하는 순간, 너무 기뻤어. 십 년이 지났지만 차창으로 보이는 네 옆모습은 정말이지 예전과 똑 같았어. 아마 네가 이 아파트로 들어오지 않았다면 나는 줄곧 너를 따라 갔을 거야. 꿈인가 싶었거든. 아, 정말 너구나!"

그녀는 무슨 말을 해야 할지 몰라 멍청하게 서 있는 나를 향해 화살처럼 말을 쏟아냈고, 그녀의 들뜬 듯이 명랑한 목소리는 내 속에 잠자고 있던 그녀에 대한 그리움을 끄집어내어 눈물이 핑 돌게 했다. 나는 선배에게 전화를 걸어 약속을 취소한 뒤 그녀가 이끄는 대로 그녀의 집으로 발길을 옮겼다. 걸을 때마다 또각또각 구두 소리가 났다. 구두 소리는 너무도 친근하게 들려 스스럼 없이 내 팔을 잡고 걷는 사람이 그녀라는 사실을 새삼 확인시켜 주었다. 아무 거리낌 없이 팔을 잡고 있는 그녀의 태도가 어제

헤어졌다 오늘 다시 만난 연인들처럼 자연스럽고 명랑하게 느껴졌다. 예전에는 한 번도 볼 수 없었던 소탈한 모습이었다.

"아이는 없나?"

현관문을 열고 거실에 들어섰을 때, 그 흔한 장식용 그림액자 하나 없이 텅 빈 흰 벽이며 발을 디디기가 부담스러울 만큼 깔끔하게 정리된 거실이 한눈에도 아이가 없다는 것을 알 수 있게 했었다.

"아이가 없냐고?"

그녀는 내 얼굴에서 조금 의아해하는 표정을 눈으로 읽어내며 되물었다.

"혹시 들어 봤니? 습관성 유산이라는 거. 저주 받은 자궁이지. 아무리 간절히 원해도 아이는 생겼다가 자궁 속에서 석 달을 채 못 넘기고 죽어버리니까. 아이를 유산하고 병원 침대에 누워 있으면 참 이상한 생각이 들곤 했어. 나는 사람이 아니라 돌이나 나무나 풀 같다는…. 내 결혼 생활은 엉망이 돼 버렸어. 행복하기 위해 결혼했는데, 나는 행복과는 너무 먼 고통과 슬픔 속에서 늘 지내야했으니까.

'건강을 위해 이제 그만 아이 갖는 것을 포기하십시오. 우선

본인이 살아야 하지 않겠습니까.' 다섯 번째 유산했을 때, 의사는 단호하고 정중하게 내게 말했어. 자신이 살아야하지 않겠느냐고. 맞는 말이지 내가 죽으면 아이는 또 무슨 소용이니? 그러나 나는 내 몸을 용서하기가 너무 힘들었어. 지금도 물론 그래. 아이를 갖지 못하는 여자의 몸이라니…. 나는 내 몸을 학대하고 싶었어. 가능하면 참을 수 없을 만큼 고통이 느껴지도록. 그리고 그 고통 때문에 현실을 깡그리 잊고 싶었어. 포도주는 그런 내게 꼭 맞는 술이지."

그녀의 눈에서 주르르 눈물이 흘러내렸다.

무섭도록 창백해진 그녀의 얼굴을 바라보았다. 나는 그녀가 자신의 비밀 같은 마음속 말을 스스럼없이 해주는 것이 고맙고, 한편으로는 부담스러웠다. 그녀의 삶은 그녀만의 것이고, 나는 더 이상 내 삶이 그녀에게 포함되는 것을 원치 않는다. 십 년 만의 만남은 오늘 하루의 우연한 즐거움과 반가움, 그동안의 안부를 묻는 일로 끝내고 싶다. 다시 만나는 일은 없을 것이다.

"남편은?"

남편은 오지 않아, 하던 그녀의 말이 생각나서 나는 남편의 안부를 물었다.

"남편과는 이혼했어."

"왜?"

나는 깜짝 놀라 물었다.

"나를 보는 것만으로도 너무 힘들어하는 게 안됐고, 서글퍼서."

그녀는 아무렇지도 않게 무덤덤한 목소리로 말했지만 나는 왠지 울컥 화가 치밀었다. 부부는 삶의 고통을 함께 나눠가지는 것이 아닌가. 그렇지 않다면 결혼은 무슨 의미가 있나. 아직 결혼하지 않은 나로서는 남편이 힘들어해서 이혼했다는 그녀의 말을 쉽게 이해할 수 없었다. 아이를 가지고 싶어도 가질 수 없는 것이 그녀의 잘못인가? 그녀의 불행에 마음이 아팠다. 내가 아는 사람 중에는 아내가 칠 년 동안 아이를 갖지 못하자 입양시설에서 갓난아기를 입양해 자신들이 낳은 아이처럼 사랑으로 키우며 행복하게 사는 이들도 있다. 기쁨이나 불행을 서로 공유하며 사는 결혼생활은 옆에서 보기도 흐뭇하다. 아직 독신인 나로서는 결혼생활이란 그렇게 서로의 삶의 아픈 부분들까지 쓰다듬으며 함께 견디며 사는 것이라고 생각해 왔다. 그런데 지금 그녀의 말은 부부도 결국 타인이라는 말을 절감하게 하는 것이었다.

"뭐 그리 심각할 것 없어."

잠시 생각에 빠져있는 나를 깨우듯 약간 냉랭해진 그녀의 목소리가 들려왔다.

나는 고개를 들고, 마주 앉아 사과를 깎고 있는 그녀의 얼굴을 바라보았다. 언제 포도주를 마시고 취해서 잔 적이 있었느냐는 듯 허리를 반듯하게 편 채 사과를 깎고 있는 그녀의 차갑고 단정한 표정은 내게 안도감과 함께 조금은 어이없었다. 사과를 깎는 그녀의 손에 힘이 들어가 보였다. 사과 껍질은 투박하게 줄을 내며 벗겨지다가 그만 더 무게를 견디지 못하고 툭, 바구니에 떨어졌다.

"내가 그러자고 했어. 유산할 때마다 나보다 더 괴로워하는 그의 얼굴 보기가 너무 서글퍼서 말이야. 다섯 번째 유산을 하고 나서 내가 그랬어, 헤어지자고. 당신은 아직 젊고, 재혼해서 원하는 대로 행복하게 살 권리가 있으니까 그만 이쯤에서 끝내자고, 진심으로 말했어. 그가 행복하기를 바라는 것도 있었지만 더 이상 내가 함께할 자신이 없는 거야. 나도 모르는 사이에 스스로 바깥과 높은 담을 쌓고 그 담 안에 갇혀 불행해 하는, 한 마리 짐승. 그게 나였어. 사실은 나를 위해서 끝내자고 한 거야. 남편은 이혼하자는 내 말에 순순히 응낙했어. 솔직한 사람이었지. 집안의 장손이라서 핏줄에 대한 욕구가 남달리 강했어. 내가 아이를 가질 때마다 나보다 더 좋아하고, 기대하고, 건강하게 태어나기를 간절히 소원했었지. 그런데 번번이 그의 소원은 공허하게 깨져버렸고, 그런 그의 허탈해하는 모습은 내 마음을 아프게 했어. 아마도 내가 다른 여자들처럼 아이를 잘 낳을 수 있었다면 우리는 행복하게 살았을 거야."

그녀의 낮은 목소리가 몹시도 쓸쓸하게 들렸다.

"그럼 생활은 어떻게 하나?"

나는 그녀에게 조심스럽게 물었다.

"백화점 의류매장에서 일해. 오늘은 마침 휴무고. 요즘 같은 불경기에 이상할 정도로 사람들이 차고 넘치는 곳이지. 사람들은 모두 무엇에 홀린 듯 물건을 사고팔고, 곳곳에 현란하게 흘러넘치는 물질의 세계가 펼쳐지지. 카드 하나만 있으면 수중에 돈 한 푼 없어도 마음 내키는 대로, 볼품없는 감정을 배설하듯 마구 소비하지. 사람들 사이에서 정신없이 판매하다 보면 다 잊어버려. 심지어 나 자신조차. 늦은 시간, 마치고 집으로 돌아오는 길이 나로서는 더욱 곤혹스러워. 하나씩 상처들이 되살아나기 시작하거든. 꼭 무슨 망령 같아. 텅 빈 집에 혼자 앉아 있으면 내가 살아있는 것 같지 않고, 그저 모든 게 무덤덤해서 허무하기만 한 거야. 잠도 오지 않고, 그래서 포도주를 마시고 취해서 잠을 자고, 깨이나면 또 아무렇지도 않게 일을 하러 가지. 하루가 그렇게 흘러가. 그렇게 흘러가다 보면 언젠가는 죽게 되겠지."

그녀는 다 깎은 사과를 한 조각씩 베어내어 접시에 담으며 담담하게 말했다. 칼을 잡은 그녀의 손끝이 왠지 불안하게 보였다.

아이를 가질 수 없어서 남편과 이혼한 그녀. 그것이 고통이 되어 날마다 포도주로 자신의 몸과 영혼을 상하게 하는 그녀. 서른두 살, 다시 시작해도 결코 늦지 않은 나인데 그녀는 너무 깊이 허무의 늪에 빠져버린 것 같다.

"얼마 전 저녁 무렵이었어. 그날도 의류매장 안에는 화장을 그림 그리듯이 한 여자들이 장식이 화려한 값비싼 블라우스며 원피스, 재킷 등을 고르고, 고른 옷을 거울 앞에서 살짝 상체에 갖다 대 보기도 하고, 가격표에서 더 할인은 안 되는지 묻기도 하면서 아주 분주했어. 겉으로는 태연한 척 하지만 나는 눈으로 손님들 하나하나를 좇느라 무척 신경이 곤두서 있었는데, 그런 내 눈에 휠체어를 탄 삼십 대 중반의 한 초췌한 여자가 들어왔어. 휠체어 뒤에는 그 여자의 늙은 어머니가 서 있었어. 백화점에서 몇 년간 일했지만, 휠체어를 타고 온 손님은 처음이었어. 나는 천천히 휠체어 쪽으로 걸어갔어. 그들은 매장 안에 들어오지 않고, 밖에서 걸대에 걸어 논 옷들을 그저 만지작거리고 있었어. 다리 아픈 딸이 레이스가 화려한 푸른색 블라우스를 살며시 가슴께에 갖다 댔어. '그 옷 입고 싶냐'고 어머니가 속삭이듯 묻자 딸은 그저 시무룩한 미소를 지을 뿐이었어. 그 블라우스의 비싼 가격표가 그녀를 시무룩하게 만든 거지. 그들은 가난해 보였거든. 사실 형편없이 마른 그녀의 몸은 어떤 아름다운 옷을 입어도 쓸쓸해 보일 것 같기는 했어. 몇 번 옷을 만지작거리던 그녀는 포기한 듯 살며시 옷을 놓았어. '다른 옷을 한번 보시겠어요?' 내가 묻자 여자는 괜찮다며 쑥스러운 표정을 지어보였어. 아름 다운 옷을 입고 싶지만 선뜻 살 수 없는 그녀의 가난이 내 마음을 아프게 했어. 늙은 어머니의 마음은 어땠을까? 조용히 휠체어를 밀고 다른 곳으로 사라지는 그들의 쓸쓸한 뒷모습이 한동안 맘속에서 떠나지 않았어. 삶이란 참 잔인하지…. 그러면서도 한편으로는 그들은 둘이어서 외롭지는 않겠다, 그런 생각을 했어."

그렇게 말하는 그녀의 눈이 눈물에 젖어 있었다.

"좀 가볍게 살지."

나는 진심으로 그녀에게 말했다.

"왜? 내 삶이 너무 무거워 보여?"

그녀는 그렇게 말하며 내게 미소를 지었다. 그녀의 미소를 보자 무언가로 누르듯이 마음이 먹먹해져왔다.

오래 전 그녀와 헤어진 후 내 기억 속에서 그녀를 완전히 지워

버릴 수 있을 만큼 나는 그녀가 행복하게 살고 있을 거라고 생각했다. 그러나 이렇게 우연히 만난 그녀는 뜻밖에 너무 불행해 했다. 포도주가 없으면 잠들지 못할 정도로 고통에 빠져 있는 것이다. 언제나 나를 주눅 들게 만들던 그 천진한 미소는 어디로 사라져버린 걸까? 지금 짓고 있는 그녀의 미소는 내 마음을 아프게 했다. 그녀는 내 얼굴을 바라보다가 잠깐, 하며 내 팔을 잡았다. 그리고 갑자기 생각난 듯 말했다.

"왜 그렇게 망설였어? 나는 너의 그 망설임이 싫었어. 언제나 일정한 거리를 유지하면서 나를 대하는 너의 그 소심함과 사랑이라는 감정 앞에서도 자연스럽지 못하고 늘 어색하게 망설이는, 그 못난 망설임이 싫었어. 넌 사랑을 표현할 줄 몰랐거든. 답답했어. 내가 너를 떠난 이유야. 궁금하지 않았었니? 그런데 결혼하고 나서야 알았지. 내가 너를 참 좋아했었구나. 너는 참 좋은 친구였구나 하는 것을 말이야. 아이를 유산하고 병원에 누워 있으면 이상하게 네 생각이 났어. 너를 생각하면 신기하게도 마음이 편해졌거든."

나는 그녀의 말에 실소했다. 나의 소심함과 망설임이 싫어서 헤어지자고 했다니, 정말 그런 이유로? 그녀의 말은 전혀 뜻밖이었다.

"하긴 지금도 너는 망설이잖아. 열두 시가 되기 전에 집에 돌아가야 한다고 망설이고, 자고 가라는 내 유혹에 넘어가서 너의 그 모범답안 같은 인생에 금이 갈까 망설이고, 어쩌면 그런 망설임이 너다운 것인지도 모르겠지만. 어쨌든 지금 이 순간 나와 함께 있어줘서 너무 고마워. 꿈속에서나 한번 만나려나, 기대했었는데 지금 이렇게 내 옆에 있다니. 너를 차 안에서 처음 봤을 때부터 지금 이 순간까지 정말 꿈같아. 내 인생에서 가장 빛나는 시간으로 남을 거야."

그녀는 다시 창고에서 꺼내 온 포도주의 코르크 마개를 따면서 내게 미소를 지어보였다. 나는 움찔했다. 그녀의 말대로라면 나는 언제나 그 미소 앞에서 망설이면서 그녀의 마음을 외면했던 것이다. 그녀의 마음을 안 지금도 나는 여전히 망설일 수밖에 없다. 그녀를 안아줄 수 없다. 그녀와의 모든 관계는 십 년 전에 끝난 것이다. 집에 돌아가면 마치 어지러워진 책장을 정리하듯 그녀에 대한 기억들을 말끔히 정리하리라. 깊고 어두운 동굴 같은 그녀의 세계에서 어서 벗어나 밝고 희망찬 것들로 내 삶을 채우리라. 나는 코르크 마개를 따고 찰찰 소리를 내며 포도주를 따르는 그녀를 보면서 생각했다.

"내가 아무리 붙잡아도 너는 집으로 돌아가겠지. 지금 이 포도주를 다 마시고 나면 나는 죽은 듯이 잠을 잘 거야. 내가 깊이 잠들면 그때 돌아가 줘. 아, 저 창 밖은 너무 어둡네. 바람도 몰아치고 죽기에 좋은 시간이야. 잘 가 친구!"

그녀는 포도주를 마시며 두서없이 중얼거렸다.

그녀의 얼굴은 창백하다 못해 푸른빛이 감돌았다. 나는 몽롱해져가는 그녀의 얼굴을 그저 바라보기만 했다. 그녀는 그렇게 자신만의 세계로 침잠해 들어가고 있었다. 그녀는 한 움큼의 수면제를 입속에 털어 넣듯 단숨에 포도주를 마셨다. 그러고는 거실 카펫에 엎드려져 다시 잠들어버렸다. 나는 잠든 그녀의 머리카락을 손으로 몇 번 쓸어내렸다. 부드럽다. 내 손에 남아 있을 유일한 그녀의 흔적이었다. 나는 온 힘을 다해 그녀를 안아서 방 안의 침대로 옮겼다. 아무런 움직임이 없는 그녀는 잘린 작은 나무 같았다. 나는 침대에 그녀를 반듯하게 누인 뒤 이불을 덮어주고 방을 나왔다. 그리고 소파에 걸쳐둔 코트를 입고, 집으로 돌아가기 위해 조용히 현관문을 열었다.

"며칠 전 우리 아파트에서 혼자 살던 여자가 11층에서 뛰어내려 자살을 했다고 그래. 새벽에 경비 아저씨가 아파트 주위를 순찰하다가 화단에 떨어져 있는 여자를 발견한 모양이야. 그런데 이상하게도 고층에서 뛰어내려 자살한 사람 같지 않고, 무슨 꽃밭에서 낮잠이라도 자듯 아주 편안한 얼굴이었대. 참 신기한 것은, 머리가 깨지거나 몸이 찢어지는 것 같은 그런 드러나게 끔찍한 상처가 없더라는 거야. 길 가다가 넘어져도 잘못 부딪히면 뼈가 부러지고 상처가 나는 것이 다반산데 말이지. 아직 젊고 고운 여자가 웬 자살이냐고, 다들 안타까워하더군."

그녀와 헤어지고 며칠 후에 그녀 때문에 약속을 취소했던, 그녀와 같은 아파트에 살고 있는 선배를 만났다가 듣게 된 이야기였다. 나는 심장이 멈출 것 같았다. 그녀의 이야기였다. '죽기에 좋은 시간이야, 잘 가 친구!' 중얼대던 그녀의 창백한 얼굴이 떠올랐다. 그때 그녀는 그런 말로 자신의 죽음을 미리 알렸는지도 모른다. 나는 그녀의 불행한 삶 속에 엉켜드는 것이 싫어서 그토록 쓸쓸해하던 그녀를 혼자 놔두고 돌아온 것이다. 그녀도 그것을 알아챘으리라.

그날 밤, 그녀와 함께 있어 주었더라면 그녀는 죽지 않았을까? 심한 자책감이 마음을 아프게 했다. '죽기에 좋은 시간이야.' 하던 그녀의 목소리가 자꾸만 들려오는 것 같다. 나 자신에 대한 혐오감 때문에 속이 메스꺼웠다. 나는 화장실로 달려가 그날 점심으로 먹었던 스파게티를 남김없이 토하고 말았다.

비

공허한 육체다. 뼈가 앙상하게 드러난 어깨며
기형이 된 가슴이며 살점이라고는 없는 상체는
겨울날 잎 다 진 나무처럼 고독했다.

늦가을, 하염없이 내리는 비를 맞으며 길게 누워 있는 젖은 아스팔트를 보면서 여자는 언젠가 공원에서 본 돌고래의 등짝과 닮았다고 생각했다. 돌고래는 물 밖 공중으로 힘껏 솟구쳐 올라 구경하던 사람들의 열렬한 박수와 환호를 받았었다. 그때 네 살이었던 딸아이를 안고 구경하던 여자는 온몸이 물에 젖어 번들거리던 돌고래의 검은 등에서 안쓰러움과 슬픔을 느꼈었다. 돌고래가 물을 박차고 공중으로 튀어 오르기 위해 얼마나 고된 훈련과 채찍에 맞았을지, 눈앞에 그려졌기 때문이다. 그때 느끼던 그 슬픔이 지금 베란다 창유리 너머 비 내리는 도시의 아스팔트를 보고 있는 여자의 눈에 한줄기 눈물이 되어 흘러내렸다. 돌고래와 아스팔트. 생각해 보면 아무런 연관도 없는데 왜 이토록 슬픈 느낌으로 같이 다가오는지 여자는 자신의 감정에 의아해 했다. 단지 빗물에 젖어 끈적거리는 것, 그것뿐인데. 여자는 서글픈 한숨을 내쉬었다.

남편은 벌써 이 년이 넘도록 소식이 없다. 아마도 이 나라를 떠나버렸는지도 모른다. 여자는 더 이상 남편을 기다리지도, 그리워하지도 않는다. 언젠가부터 여자는 남편을 죽은 사람이라고 생각했다. 그러자 마음이 편해졌다.

창밖으로 여전히 비가 내린다. 오랜만에 바라보는 비 내리는 거리의 풍경들이 여자는 참 좋다. 아무리 바라보고 있어도 지겹지 않다. 좋은 음악을 듣거나 책을 읽는 일처럼 내리는 비를 바라보는 것은 여유롭고도 아름다운 일이라고 생각하면서 여자는 이마를 유리에 살짝 갖다 댔다. 서늘하고 차갑다. 여자는 한참을 그런 자세로 거리의 풍경들을 바라봤다. 흠뻑 비를 맞으며 바람에 무겁게 흔들리는 플라타너스들 아래로 우산을 쓴 사람들이 천천히 걸어가고 있다. 비 내리는 날, 사람들은 참 고요해 보인다. 우산을 쓰고 걸어가는 사람들의 모습은 더욱 그렇다. 햇빛보다 비가 사람을 더욱 겸손하게 만드는 때문이라고 여자는 생각했다. 여자의 이마에 축축이 물기가 배는 것 같다. 여자는 유리에 갖다 댄 이마를 들었다. 그리고 시선을 유리에서 떼고 거실로 들어서는 순간, 그녀의 코끝에 지독한 탄내와 연기가 확 몰려들었다.

아, 주전자! 그제야 여자는 뒤쪽 베란다 곁에 붙어있는 주방으로 달려갔다. 가스레인지 위의 스텐 주전자는 완전히 새까맣게 타버렸고, 주방은 매캐한 냄새로 뒤덮여 있었다. 여자는 수건으로 코와 입을 감싸고 가스레인지의 불을 껐다.

- 그러다 집을 통째로 다 태우고 말겠다! -

어디선가 남편의 목소리가 들리는 것 같아 여자는 깜짝 놀랐다.

비 내리는 날 정신을 온통 비에 팔고 있어서 종종 이런 일이 벌어지고, 그것을 지켜보던 남편이 퉁명스럽게 타박을 주곤 했던 것이다.

밤이 되자 비는 그쳤다.

여자는 빵집 문도 열지 않은 채 늦가을, 비 내리는 거리를 바라보는 일로 아침부터 밤이 될 때까지 시간을 보내버렸다. 모처럼 내리는 비는 노동으로 지친 여자에게 휴식과도 같은 쉼을 제공해 주었다. 남편이 떠나고 친구의 도움으로 열게 된 빵집은 쉬는 날이 없었다. 손님이 많든 적든 언제나 문을 열었다. 하루라도 문을 닫아 버리면 근처의 큰 제과점 체인점에 손님을 뺏겨버리게 되고 그러면 적지 않은 손실이 나기 때문이다. 그러나 여자는 모처럼 내리는 비 때문에 미련 없이 하루를 쉬어버렸다. 여자에게 비는 마치 오래 기다리던 연인처럼 그립고도 애틋한 것이었다. 여자는 한껏 비를 바라보는 것으로 지친 몸과 마음에 위안을 얻었다. 매일의 양식처럼 빵을 사러 오는 몇몇 사람들의 실망한 얼굴이 언뜻 스치기도 했지만 잊어버리기로 마음을 먹었고, 그러자 편해졌다.

밤이 깊어지고 하루가 그렇게 다 지나가는 것이 못내 아쉬운 여자는, 무릎을 감싸 안은 채 여전히 시선을 창밖에 주고 앉아 있다. 어디선가 바람이 불어서 후두두 유리에 빗방울이 떨어진다. 비에 깨끗이 씻긴 도시의 밤은 짙푸른 어둠에 싸여 아파트에서 간간이 새어나오는 밝은 불빛과 가로등의 하얀 빛 속에서 더욱 적막하게 느껴진다. 하루 내내 비에 젖어 축축한 아스팔트 위로 헤드라이트를 비추며 차들이 바쁘게 달려간다. 차들은 다시는 세상 속으로 돌아오지 않을 것처럼 하얀 물보라를 일으키며 어두운 아스팔트 위를 질주하며 사라진다. 차들이 사라진 아스팔트는 고요하다. 여자는 그 고요함이 좋아서 하염없이 앉아 있다. 영혼이 동굴처럼 깊어지는 것을 여자는 느낀다.

"엄마, 노래 불러 줘요. 잠이 안 와."

베개를 껴안고 딸이 제 방에서 나오면서 말했다. 초등학교 2학년인 딸은 잠이 안 오는 날, 여자에게 노래를 불러 달라고 졸랐다. 눈동자가 검은데다 눈의 흰자위에 푸른빛이 감돌아 서늘한 딸아이의 눈빛은 때로 여자의 마음을 아프게 했다. 딸아이의 눈을 들여다보고 있으면 자신의 마음 속 슬픔과 너무 닮아 보이는 그 슬픔 때문에 여자는 그만 딸아이를 와락 가슴에 껴안은 채 한참을 그대로 있곤 했다. 그럴 때마다 딸아이는 아무 말 없이 엄마의 가슴에 얼굴을 묻은 채 죽은 듯이 조용히 있었다.

아빠가 없어져버린 날부터 딸아이는 밤에 자주 잠이 안 온다고 노래를 불러 달라고 졸랐다. 그러면 여자는 아무리 피곤해도 아이를 위해 노래를 불러 주었다. 여자는 아이의 어깨를 감싸고 방으로 들어갔다.

"무슨 노래가 듣고 싶은데?"

"엄마가 부르는 노래는 뭐든 다 좋아요."

여자는 이불을 덮고 누운 아이의 가슴을 토닥토닥 두드리면서 시를 읊듯 노래를 불렀다. 초등학생인 딸이지만 잠이 들 때의 모습은 여전히 사랑스러운 아기 같다.

냇물아 흘러흘러 어디로 가니

강물 따라 가고 싶어 강으로 간다

강물아 흘러흘러 어디로 가니

넓은 세상 보고 싶어 바다로 간다

냇물아 흘러흘러 어디로 가니…

 여자의 반복해서 부르는 낮은 노랫소리에 아이는 어느 사이 새록새록 잠들어 있다. 이 노래만 불러주면 아이는 거짓말처럼 스르르 잠이 들어버렸다. 잠 속으로 흘러가게 하는 힘이 이 노래에 있는 것 같다. 여자도 이 노래를 부를 때면 그렇게 냇물 따라, 강물 따라, 저 넓은 바다까지 흘러흘러가는 것 같다. 다시는 되돌아오고 싶지 않은 이 세상을 지나 요단강까지라도 이를 수 있을 것 같다. 여자는 아이가 깊이 잠든 것을 보면서 불을 끄고 방을 나왔다.

 보푸라기가 인 낡은 자주색 스웨터를 걸친 여자의 가녀린 등허리 위로 손수건으로 질끈 동여맨 긴 파마머리가 어설프게 흘러내려와 있다. 윤기 없이 부스스한 머리카락이며 아무리 감추려고 해도 감추어지지 않는 이마며 눈가의 주름살은 서른아홉 살,

여자의 나이를 확연히 드러내준다. 더구나 오래전에 받은 유방암 수술 때문에 왼쪽 가슴은 헐렁한 스웨터 속에서도 오른쪽 가슴보다 훨씬 밋밋해 보인다. 여자는 왼편 가슴에 살며시 손을 얹었다. 원래 가슴이 없었던 것처럼 볼품없이 되어버린 가슴이지만 그 안에 암세포가 아닌 생명이 살아있다는 사실은 새삼 살아있음에 대한 감사를 느끼게 했다. 여자는 문득 자신의 왼쪽 가슴을 무슨 징그러운 벌레 대하듯 외면하곤 하던 남편의 모습이 떠올랐다.

수술 후에 남편은 오른쪽 가슴만 사랑했고, 암 수술을 받은 왼쪽 가슴은 외면했다. 그럴 때마다 여자는 슬픔 때문에 자신의 왼쪽 가슴에 살며시 손을 얹었다. 그것이 습관이 된 여자는 어떤 고통이나 슬픔에 부딪히면 자신도 모르게 왼쪽 가슴에 살며시 손을 갖다 얹곤 했다.

남편이 한마디 말도 없이 떠나버린 그날도 여자는 왼쪽 가슴에 손을 얹고 그렇게 한참을 서 있었다.

남편이 다니던 회사가 법정관리에 들어가자 남편은 정리해고 대상자가 되었고, 아슬아슬하게 몇 달을 견디다가 결국은 정해진 각본대로 직장에서 해고 됐다. 자신의 고집이 너무 세고, 상사들에게조차 이유 없이 굽히는 법이 없는 남편이 다른 사람보다 더 빨리 해고되리라는 것은 직장 동료 누구나 짐작한 일이었다. 정작 당사자인 남편만이 자신의 처지에 대해 낙관적인 태도를 보였었다. 누구보다 성실하게 맡은 일을 묵묵히 해나갔던 그로서는 자신이 잘려야 할 아무런 이유를 느끼지 못했다.

"우리 부서에서 나만큼 열심히 일하는 사람이 어디 있나? 야근조차 마다해 본 적이 없는데 그런 나를 자른다 말이야?"

남편은 다른 사람들은 다 잘려도 자신은 살아남을 거라 확신했다. 정리해고는 성실이나 능력 순이 아니라는 사실을 받아들이지 못할 만큼 남편은 어떤 면에서는 무척 고지식했다. 그런 만큼 맨 먼저 잘렸을 때 남편의 절망감이 얼마나 컸을까 생각하면 여자는 무척 마음이 아팠다.

육 개월 치 급여 선급금과 약간의 위로금, 십여 년을 다닌 대가로 지급받은 퇴직금을 손에 쥐고 집으로 돌아오던 날, 남편은 잘 마시지 못하는 술을 만신창이가 되도록 마시고 들어와 그대로 죽은 듯이 침대에 쓰러져버렸다. 남편의 얼굴은 술에 취해 온통 벌겋게 얼룩져 있었다. 직장을 잃은 것보다 자신이 이제는 별 쓸모없는 폐품 취급을 받은 것이 더 견디기 힘든 고통인 것 같았다. 여자는 그런 남편의 모습에 참담함을 느꼈다. 여자는 남편의 무거운 외투를 겨우 벗기고, 양말도 벗겼다. 맨발이 가지런히 드러났다. 의외로 남편의 발은 얼굴보다 희고 깨끗했다. 저 발로 가족을 위해 열심히 걸어 다녔겠구나, 생각하니 뼈가 앙상하게 드러난 남편의 두 발이 그토록 고마울 수가 없었다. 여자는 남편의 두 발을 자신의 손으로 감쌌다. 발이 따뜻했다. 남편은 이따금 헛소리를 하면서도 깊은 잠에 빠져 있었다. 여자는 남편의 목까지 이불을 덮어 주고, 불을 끄고 방을 나왔다. 여자는 거실 소파에 오그리고 누워 불편한 잠을 잤다.

그날 밤, 여자는 꿈을 꿨다.

꿈속에서 비가 내리고 있었다. 캄캄한 밤이었다. 유리창이 바람 때문에 덜커덩거렸고, 유리에 빗물이 마구 흘러내렸다. 여자는 불이 환히 켜져 있는 작은 방으로 걸어갔다. 열린 문으로 작은 유리창을 바라보고 있는 남편의 옆모습이 보였다. 그 순간 여자의 가슴은 내려앉는 것 같았다. 빗물이 흘러내리고 있는 창문을 깊이 응시하고 있는 남편의 옆모습이 너무도 쓸쓸해 보였기 때문이다. 여자는 그만 칼에 베인 듯 마음이 쓰라렸다. '사람의 얼굴이 어쩌면 저렇게 쓸쓸해 보일 수 있을까.' 여자는 울고 싶어졌다. 그 쓰라림 때문에 잠에서 깬 여자는 불안한 마음으로 일어나 남편이 자고 있는 방문을 열었다. 방은 거짓말처럼 텅 비어 있었다. 깨끗하게 정리된 침대 위에 흰 종이쪽지가 놓여있었다.

　－ 마음이 정리되는 대로 집에 돌아올 테니 너무 기다리
지 마. 내게도 혼자만의 시간이 필요해서 말이야. 이해해
줘 그리고 용서해줘. －

　남편은 달랑 종이쪽지 한 장만 남겨 두고 그렇게 사라져버렸
다.
　아, 아, 여자는 탄식했다. 그러나 꿈에서 본 남편의 모습을 떠
올리는 순간 여자는 탄식을 거뒀다. 그 쓸쓸해 보이던 남편의 옆
모습은 견디기 힘든 절망감을 그대로 보여준 것 같았기 때문이
다. 남편은 꿈을 통해서 그런 자신의 절망과 쓸쓸함을 말 대신
온몸으로 보여준 것이라고 여자는 생각했다. 여자는 그동안 남
편의 그늘 밑에서 얼마나 쉽게, 편하게 살아왔는가를 생각했다.
여자는 침대에 엎드려 얼굴을 깊이 묻었다. 예감조차 해본 적 없
는 이 돌연한 이별은 여자의 가슴 깊은 곳에서 끝 모를 한숨을
끌어냈다.

　초가을 비 내리던 날, 직장 선배의 소개로 그를 만났었다. 그날

은 이십사절기 중 하나인 처서였다. 서늘한 가을바람 불고 천지가 쓸쓸해진다는 처서. 여자는 처서라는 말이 좋아서 절기 중에 처서를 가장 좋아했다. 그냥 '처서' 하고 읊조리기만 해도 어디선가 서늘한 가을바람 한줄기가 불어오는 듯 처서라는 말은 가을과 닮았다고 여자는 생각했다. 그러나 '처서에 비가 내리면 뜻하지 않은 재앙으로 흉년이 든다.' 고 전해져 오는 말이 의미하듯 비 내리는 처서는 왠지 불길했다. 여자는 약속을 취소할까 하다가 선배가 난처해할까 봐 그냥 약속 장소에 나갔었다. 커피숍 입구에 찌그러진 검은 우산을 쓴 할머니가 쪼그리고 앉아서 낡아빠진 양동이에 안개꽃과 붉은 장미를 가득 담아 팔고 있었다. 비가 내려서인지 할머니의 그런 모습은 환하고 밝은 불빛이 흘러나오는 창문 아래서 왠지 음산해 보였고, 괴기 영화의 한 장면을 떠올리게 했다. 그런 할머니를 피하듯 여자는 얼른 커피숍 안으로 들어갔다. 문을 열자 바로 보이는 자리에 그는 앉아있었다.

"미인이십니다. 미인에게는 꽃이 제격이죠."

그는 환하게 웃으며 입구에서 산 듯한, 붉은 장미와 안개꽃을 섞은 한 다발의 꽃을 여자에게 건네주었었다. 비 내리던 처서여서 만나기를 꺼려했던 것이 무색해질 만큼 꽃을 받은 여자의 얼굴에 가득 기쁨이 넘쳐났다. 꽃을 받으면서 스친 그의 손길이 따스했다. 그 손길이 주던 따스함과 나이가 여자보다 여섯 살이나 더 많은 것이 믿기지 않을 만큼 환한 웃음과 서글서글한 인상은 사람에 대한 신뢰를 주기에 충분했다. 여자는 그의 그 첫인상이 좋아서 너무나 쉽게 결혼했다. 맞지 않는 부분들은 살아가면서 맞추면 맞아질 줄 알았다. 세상에는 결코 맞추어지지 않는 것이 있다는 것을 여자는 알지 못했다.

　환하던 남편의 얼굴에서 점점 웃음이 사라지면서 여자는 점점 더 비를 좋아하게 되었다. 그러면서 남편은 마흔세 살이 되었고, 그해 부당하게 직장에서 잘렸다. 그리고 바로 집을 떠나가 버렸다. 그 때문에 다른 사람의 상식으로는 이해할 수 없는 이기적인 사람으로 낙인 찍혀버렸다.

　- 이 도시는 너무 답답해서 견딜 수가 없어! -

　때때로 남편은 탄식했었다. 남편이 그렇게 탄식할 때마다 여자는 왼쪽 가슴에 고통을 누르듯 손을 얹었다. 여자는 남편의 그런 탄식이 - 당신이랑 사는 건 너무 지겨워 견딜 수가 없어! - 하는 괴로운 비명으로 들렸었다. 그리고 그럴 때마다 여자의 마음에 조금씩 이끼 같은 슬픔이 번져나갔다.

　여자는 결혼 후 아이를 출산하고 얼마 못 가서 유방암에 걸려

전절제술을 받았었다. 조기발견으로 생명에는 지장이 없었지만 가슴 하나가 잘려나가는 고통을 겪었다. 남편은 여자의 가슴이 기형으로 변한 것이 못내 괴로운 듯 잘려나간 한쪽 가슴을 늘 외면했었다. 어쩌면 남편이 외면했던 것은 가슴만이 아니라 빈 마대자루처럼 볼품없어져 버린 몸 그 자체였는지도 모른다.

그렇게 이 도시를 답답해하던 남편은 여자에게서 돌연히 떠나가 버렸다. 남편이 떠난 자리에 우두커니 서서 여자는 자신 앞에 놓인 고난을 거울을 보듯이 직시했다. 그러자 고난은 피하려고 하면 할수록 더한층 사나운 기세로 달려들어 절망의 나락으로 사람을 밀어뜨린다는 사실을 여자는 본능적으로 알아챘다.

- 그래, 나 혼자서도 살아갈 수 있어. 설혹 당신이 다시 돌아오지 않는다 해도 난 살아갈 거야. -

여자는 그렇게 자신에게 주문을 걸듯이 되뇌었다. 그리고 현실적으로 당장 남편이 남겨놓은 통장의 돈으로 딸과 함께 얼마나 견딜 수 있을까를 생각해 보았다. 남편의 부재는 여자에게 당장은 아닐지라도 언젠가는 닥쳐올 생활의 위협을 의미했다.

"비도 참 지겹게 내리네. 이렇게 처량하게 내리는 비는 참 싫어."

빵집 유리문으로 비에 젖은 나뭇잎들이 바람에 뚝뚝 떨어지는 것을 보면서 여자의 친구가 말했다. 제과점 체인점을 직접 운영한 경험이 있는 친구는 여자가 빵집을 여는 것부터 장사하는 것까지 자신의 일처럼 도와주고, 척척 알아서 필요한 일들을 처리해 주었다. 여자에게는 하기 힘든 어려운 일들도 그 친구에게 가면 아주 쉬운 일처럼 아무렇지도 않게 해결되곤 하는 것이 여자는 신기해서 번번이 감탄을 쏟아내곤 했다. 어릴 때 한 동네에서 자란 여자와 친구는 외모도, 성격도 완전히 달랐지만 이상하게도 같이 있으면 마음이 편했다. 친구는 여자와는 달리 비에 무관심했다. 비가 오면 거의 넋을 잃고 하염없이 창밖을 바라보는 여자를 이해할 수 없었다.

"네가 그렇게 처량하게 비를 좋아하니 네 남편이 진저리가 나서 집을 나간거야."

진열장에 빵을 진열하던 친구가 냉정하게 쏘아붙였다. 어떤 진지한 고민이나 심각함도 인생에 아무 의미가 없으며 인생은 그저 하루하루 즐겁게 열심히 사는 것. 그것만이 최선이라고 생각하는 친구는 지나치게 자기 생각에 몰두하는 여자를 이해할 수 없었다. 스스로 불행의 우물을 깊이 파 들어가는 이상한 성격이라고 생각했다.

"나는 비가 좋아. 비를 보고 있으면 한없이 평온해져. 아침, 점심, 저녁 세끼 밥을 먹듯이 하루에 세 번씩 비가 온다면 얼마나 좋겠니?"

여자는 무심한 눈빛으로 비 내리는 거리를 바라보며 중얼거렸다.

"정말 병이다. 네가 집 나간 유진이 아빠를 아예 안 찾는 것도 비에 미쳐서 그래. 어쩌면 넌, 그렇게 냉정하니? 아무리 집을 나갔지만 한번 찾아보지도 않고. 네겐 비만 있으면 되지? 그럼 모든 고통이 다 사라져?"

친구는 화가 난 듯이 말했다. 어떤 말도 우회하는 법이 없는 친구는 그렇게 직설적으로 말했다. 어쩌면 그럴지도 모른다. 남편이 비만큼 좋은 적은 없었다.

비가 오지 않는 날이면 그녀는 비를 그리워했고, 오래 비가 오지 않는 그런 계절에는 병을 앓았다. 사무치게 비가 그리워 끙끙 앓는 것이다. 남편은 그런 여자를 동정의 눈빛으로, 병들어서 가련한 동물을 바라보듯 물끄러미 바라보다가 말없이 밖으로 나가 버리곤 했었다. 여자가 그렇게 비에 몰두하게 된 것이 유방암 수술로 인한 지울 수 없는 마음의 상처 때문이라고 남편은 생각했다.

"참, 수미 엄마 알지? 역에서 유진이 아빠를 봤대. 분명히 유진이 아빠라네. 대합실 의자에 앉아 환히 웃으면서 여자랑 이야기하고 있었는데, 두 사람이 보통 사이가 아닌 것 같더래. 여자는 서른 즈음 보이는 젊은 여자였대. 이상하지?"

빵 진열을 다 끝낸 친구가 커피포트에서 금방 따른, 뜨거운 커피를 여자에게 갖다 주면서 조심스럽게 말했다. 여자는 아니라는 듯 공허한 눈빛으로 손을 내저었다.

"그를 몰라서 그래. 그는 아주 멀리 갔을 거야. 어쩌면 다른 나라로 갔을지도 모르지. 중국 같은 데로. 늘 중국 같은 넓은 나라에서 보따리 장사라도 하고 싶어 했었으니까. 집 주변에서 그렇게 다른 여자랑 어슬렁거릴 사람이 아니야. 그렇게 뻔뻔한 사람이 못돼."

"사람이니까 양심은 있겠지. 그런데 만약 그가 다른 여자와 살고 있는 거라면, 그러면 넌 어떡할래?"

친구는 집요하게 파고들었다. 자신의 눈으로 직접 본 것도 아니면서 그저 남의 이야기하기 좋아하는 사람들이 마구 떠벌린 이야기를 기정사실인 양 받아들여 남의 속을 마구 긁어놓고 있는 것이다. 여자는 친구의 그런 경박함이 싫었다. 친구로서의 편안함 이면에 비웃어 주고 싶은 그런 면이 있었다.

여자는 아무 말 없이 커피 잔을 들고 비 내리는 창밖으로 시선을 돌려버렸다. 친구 역시 진심 어린 충고를 무시하는 여자의 태도가 불쾌했다. 친구는 그런 여자를 비웃듯 입술을 일그러뜨리며 슬쩍 곁눈질했다. 그리고 빠른 손놀림으로 진열장 안에 잘 만들어진 생크림 빵을 진열했다.

가게 입구에서 우산을 탈탈 털던 여학생이 문을 열고 들어왔다.

밤이 되자 비는 그쳤다.

하루 종일 빵을 만들고 팔고 바쁘게 움직여서 온몸이 쑤시고 아팠다. 여자의 친구는 오후 4시가 되면 빵집 가까운 문화센터에서 무료로 지도해 주는 기타 교실에 간다고 가버리고, 그 뒤 시간부터는 여자 혼자서 바쁘게 일을 해야 했다. 매사에 의욕적인 친구는 하루에 몇 가지 일들을 해치우는 열성파다. 빵집 일도 친구에게는 단순한 부업거리에 불과하다. 수입을 적게 가져가는 대신 친구는 더 많은 자유의 시간을 원했다. 여자는 친구의 그런 선택에 순순히 따라줬고, 그저 친구의 그런 경제적 여유와 의욕이 여자는 놀라울 뿐이었다.

남편이 집을 나가지 않았다면 여자는 아마 하루 종일 집안에 웅크리고 앉아 책을 보거나 음악을 듣거나 비가 오는 날을 기다리면서 시간을 보내고 있을 것이다. 그러나 지금 여자는 쉬는 날이 없을 만큼 열심히 일을 한다. 노동이 여자의 하루 대부분을 차지하고 있는 것이다.

밤 열한 시가 넘어서야 빵집 문을 닫고 집으로 돌아온 여자는, 피곤에 겨워 어서 뜨거운 물에 들어가 쉬고 싶은 생각뿐이다. 여자는 욕조에 뜨거운 물을 받았다. 콸콸 물소리가 났다. 여자는 긴 머리카락을 타래를 만들어 틀어 올린 후 큰 핀으로 찔렀다. 옷을 벗고 욕조로 바로 들어가려다가 여자는 우뚝 멈추어 서서 세면대 거울에 비친 자신의 상반신을 마치 남의 몸을 보듯이 빤히 들여다보았다. 공허한 육체다. 뼈가 앙상하게 드러난 어깨며 기형이 된 가슴이며 살점이라고는 없는 상체는 겨울날 잎 다 진 나무처럼 고독했다. 여자는 그런 자신의 몸을 보면서, 남편이 다른 여자와 살고 있으면 어떡할 거냐고 다그치던 친구의 말을 생각했다. 어쩌면 그럴지도 모른다. 여태껏 남편이 멀리 떠났거나 죽었다고 생각한 것은 여자가 자신을 위로하기 위한 변명이었는지도 모른다. 적어도 다른 여자 때문에 버림받았다는 사실 보다는 덜 비참하니까. 가끔씩 직장을 잃거나 어떤 불화 때문에 집을 나와 거리의 부랑자가 된 신원미상의 사람들이 겨울에 술에 취해 아무렇게나 널브러져 자다가 얼어 죽었다는 신문 기사를 보면서 여자는 끔찍하게도, 그 사람이 차라리 남편이었으면 하고 바란 적도 있었다. 그렇다면 여자는 평생 남편에 대한 연민을 가슴속에 품고 살 수도 있을 것이다. 여자는 그런 생각이 들 때면 자신의 내면에 그토록 악하고 깊은 어둠이 있다는 사실에 치를 떨었다.

　남편은 말이 없는 편이었다.

　부서 일로 야근을 한다거나 출장을 가도 집으로 전화조차 하지 않았고, 어느 순간부터 여자는 거기에 익숙해졌다. 아침에 집을 나서면서 그저 한마디 '나 오늘 출장이야.' 하면 그만이었다. 이따금 남편의 셔츠에서 낯선 향수 냄새가 나도 여자는 결코 시시콜콜 캐묻거나 하지 않았다. 어떤 여성에게 성욕을 느끼고 서로 쾌락을 즐겼다고 해서 뭐가 잘못인가. 자신이 줄 수 없는 것을 다른 여자에게 얻었다고 해서 그것이 무슨 문제란 말인가. 정신적인 것이 결여된 육체관계란 그저 동물적 본능 이외에는 아무것도 아니며, 스스로 더러운 짐승이 되어 뒹구는 것, 그 뿐이라고 여자는 생각했다. 그러나 만약 친구의 말처럼 남편이 집을 떠나시 다른 여자와 살고 있는 기라면, 그 여지 때문에 집을 떠나간 거고, 그 여자 때문에 그토록 사는 일이 쓸쓸한 것이었다면, 그리고 그 여자 때문에 지금 남편이 행복하다면, 그래도 태연할 수 있을까?

여자는 문득 남편이 어떻게 살든지 이미 자신의 삶과는 무관한 것이라는 생각이 들었다. 여자는 남편에게 그 무엇도 요구할 자격이 없음을 깨달았다. 남편의 삶을 속박하고 지치게 했던 하나의 올가미. 여자는 남편에게 그런 존재에 불과했다. 비 내리던 꿈속에서 그토록 쓸쓸해 보이던 남편의 옆모습. 그 모습을 보면서 여자는 자신이 남편을 얼마나 쓸쓸하게 만드는지를 깨달았던 것이다.

남편이 떠나고 없던 그 텅 빈 방에서 여자는 결코 남편이 다시 돌아오지 않을 것을 예감했었다. 뼈가 앙상하던 남편의 두 발. 지금 여자의 가슴 속에는 남편의 그 애처로운 두 발만이, 그 발이 주던 애처로움만이 남았다. 남편이 어느 날 집으로 이혼을 요구하는 서류를 보내온다고 해도 여자는 아무렇지도 않을 것 같다. 꿈속에서 그토록 쓸쓸해 보이던 남편이 누군가와 다시 행복하게 살 수 있다면 여자는 진심으로 축복할 수 있을 것 같다. 여자는 늘 그늘이 져 있던 남편의 얼굴에 햇살처럼 밝은 웃음이 잔잔히 퍼져가는 것이 얼핏 보이는 것 같았다.

거울 속 여자의 입가에 서글픈 미소가 떠올랐다. 웃고 있는 남편의 모습에서 늘 허기진 듯 불만족해 하던 남편의 성이 가득 채워지는 것이 느껴졌기 때문이다.

여자는 김이 모락모락 올라오는 욕조 안에 몸을 담갔다. 그리고 오른손을 왼쪽 가슴에 살며시 얹었다. 고통이 느껴졌다. 따스한 물이 온몸으로 퍼져가자 나른한 기운에 저절로 눈이 감겼다. 여자는 물속에서 잠이 들었다.

한 마리의 돌고래가 물 밖, 공중으로 힘껏 솟구쳐 올랐다.

눈꽃

때로는 자기의 것이 아니었으면 좋겠다 싶은 시
간이나 사건들, 피하고 싶은 사람조차도 결국은
자신의 것으로 고스란히 남겨지게 되는 냉정한
것. 인생은 그런 것이라고.

밤이 되자 비는 돌연 눈발이 되어 흩날리기 시작했다. 무심코 유리창으로 시선을 돌린 서연은 하늘 가득 난무하는 흰 눈에 감탄하며, 따뜻한 찻잔을 두 손으로 감싸고 베란다로 나갔다.

　유리창 틈새로 스며든 냉기가 온몸에 오슬오슬 소름을 돋게 했다. 추위 때문에 움츠러든 어깨를 연보라색 숄로 감싸며 서연은 베란다 창문 앞에 놓인 난 화분에 눈길을 주었다. 꽃은 오래전에 이미 시들어 검게 타버렸는데 뿌리 깊은 곳에서 올라온 날카로운 칼날 같은 그 잎만은 초록의 제 빛깔을 유지하며 겨울 추위를 잘 견디고 있었다.

　난 화분은 지난겨울, 서연이 이 원룸 아파트로 이사 왔을 때 그가 선물로 사 들고 온 것이었다. 그의 가슴에 안겨 있던 화분은 상체를 다 가릴 정도로 큰 편이었고, 난초의 잎들은 금방 물로 씻은 듯이 맑고 청초한 빛깔을 띠고 있었다.

"이제 좀 사람이 사는 집 같다."

그렇게 말하며 그는 안에서 보면 바로 보이는 베란다 중간쯤에 화분을 놓아두었었다. 그 난 화분 하나로 인해 베란다뿐 아니라 온 집이 다 환해졌다. 그때부터 지금까지 화분의 위치는 언제나 그 자리였다. 그 자리에서 물을 받아먹고 햇빛을 받으며 창문으로 불어오는 바람에 이따금 흔들리기도 하면서, 난초는 향긋한 꽃을 피우기도 했고 푸르른 잎은 더 무성해져 있었다. 차를 한 모금 마시며 무심히 화분을 바라보던 서연은 그만 눈가가 젖어 들어 고개를 들어 눈 내리는 창밖으로 시선을 주었다.

어두운 밤을 온통 회색으로 물들이며 눈이 흩날리고 있다. 눈들은 공중의 바람 속에서 이리저리 난무하며 그 어디에도 닿지 못한 채 하늘과 땅 사이를 헤매고 있다. 그렇게 맘껏 헤매다가 제 힘에 겨워 떨어진 눈들은 겨울나무와 아스팔트를 하얗게 적시며 조금씩 쌓여갔다. 쌓인 눈을 밟으며 사람들이 조심조심 걸어가는 것이 보인다. 아이들이 집으로 다 사라지고 없는 이렇게 늦은 밤에 내리는 눈은, 즐거운 축제에 초대받지 못한 사람처럼 외롭고 쓸쓸하다. 서연은 다 식어버린 차를 한 모금 더 들이켰다.

유리를 문지르면 카스피아 꽃처럼 신비하게 퍼질 것 같은 성에를 물기로 적시며, 눈은 밤새 창틀에 쌓일 모양이다.

서연은 차에 시동을 걸었다. 어느새 주차장을 빠져나온 차는 눈길을 미끄러지듯 천천히 가고 있다. 아파트 단지에서 완전히 벗어나자 교외로 이어지는 길이 나왔다. 온통 하얀 눈을 뒤집어쓴 채 길을 따라 죽 늘어서 있는 플라타너스들은 마치 흰 예복으로 단장한 신부같이 순결해 보인다. 서연은 가로수 길로 계속 차를 몰았다. 베란다의 유리창을 통해서가 아니라 직접 두 눈으로 눈 내리는 정경이 보고 싶어 견딜 수가 없었던 것이다.

산부인과 의사는 서연에게 너무 무리하지 말라고 충고했었다. 자궁이 약해서 유산의 기미가 보인다고 했다. 무리한 일이나 운동은 가급적 피하고, 더구나 운전은 더 위험하다고 무조건 하지 말라고 경고했었다. 그러나 눈이 잘 내리지 않는 도시에 모처럼 많은 눈이 내리는 날, 집에서만 구경하기에는 소중한 그 무엇을 잃어버리는 것 같다는 생각이 들어 서연은 무작정 집을 나선 것이다. 정말 나오길 잘했다고, 거듭거듭 감탄했다. 겨울나무의 앙상한 빈 가지마다 소복소복 내려앉은 흰 눈들은 다시 내리기 시작한 비와 섞여 어느새 차디찬 꽃이 되어 매달려 있었다. 서연은 최대한 속도를 낮추어 거의 기다시피 차를 몰았다. 차들이 거의 다니지 않는 아스팔트의 검은 표면은 미끄러웠다.

아스팔트가 끝나는 곳에서부터 갈림길이 시작되었다. 야산을 끼고 있는 오른쪽 길로 접어들자 흰 눈 덮인 넓은 들판과 지붕마다 하얗게 눈을 뒤집어 쓴 집들이 옹기종기 정답게 모여 있는 마을의 풍경이 시야 가득 들어왔다. 마을 입구에 높은 종탑이 서 있는 교회가 있었다. 종탑에서는 금방이라도 맑은 종소리가 은은하게 울려나올 것 같다. 교회 현관 입구에 밝혀 놓은 전등불이 내리는 눈 속에서 희미하게 번지며 퍼졌다. 붉은 벽돌로 지어진 교회는 어린 시절 친구 따라 몇 번 간 적이 있었던 옛 교회의 모습과 흡사해서 몹시 반가운 마음이 들었다. 서연은 교회 입구 한적한 길에 차를 세웠다.

교회는 담이 없이 키 작은 나무들로 아담하게 둘러싸여 있었다. 흰 눈이 쌓인 마당을 밟고 들어간 교회 안에는 아무도 없었다. 앞쪽 강대상이 있는 흰 벽면에 둥근 원모양으로 환하게 퍼지는 불빛을 받으며 나무 십자가가 달려 있었다. 서연은 십자가를 보자 여태껏 한 번도 생각해 본 적이 없는 신이 생각났다. 십자가를 향해서 천천히 걸어갔다. 그리고 맨 앞쪽의 긴 나무 의자에 앉아 고요히 머리를 숙였다. 감은 눈에서 이상하게도 눈물이 쏟아지기 시작했다. 무슨 기도를 드렸는지 기억할 수도 없는데 눈물은 계속 흘렀다. 하염없이 눈물을 흘리고 나자 마음이 씻긴 듯이 평온해졌다. 서연은 어린 시절 이후 잊고 살았던 신이 왠지 아주 가까이 있는 것처럼 느껴졌다.

높은 종탑이 서 있는 교회 마당에 서서 서연은 눈이 펄펄 내리는 하늘을 올려다봤다. 온통 눈에 뒤덮여 하늘은 보이지 않았다. 산과 들, 눈에 보이는 모든 것이 흰 눈에 싸여 신비하고도 거대한 백색 공간을 이루고 있었다. 입에서 저절로 깊은 감탄이 터져나왔다. 교회에서 밝혀 둔 환한 불빛만이 모든 것이 신비해 보이는 세상 속에서 유일하게 현실적인 느낌을 주었다. 서연이 입은 두터운 방한복의 겉은 금방 젖어버렸다. 다행히 어느 정도 방수 처리가 되어 물기가 옷 안까지 스미는 것을 막아 주긴 했지만 몸은 어느새 추위 때문에 덜덜 떨고 있었다. 서연은 방한복에 달려 있는 털모자를 썼다. 모자 위로 잠깐 사이에 눈이 쌓였다. 눈에 취해 추위도, 시간도 잊고 있었는데 갑자기 몰려드는 추위 때문에 서연은 그제서야 교회 마당을 벗어나와 차에 올랐다. 운전석에 앉아 안전벨트를 매는 순간 자신의 몸 안에서 생명이 자라고 있다는 생각이 났다. 눈에 취해 한순간 자신의 몸도, 몸 안에서 자라는 생명도 완전히 잊고 있었던 것이다. 서연은 키를 돌려 천천히 차에 시동을 걸었다.

노란 은행잎이 바람에 날리다 차창에 가볍게 부딪히는 늦가을
의 어느 날이었다. 은행에서 퇴근하고 돌아오는 차 안에서 감동
적으로 들은 헨델의 '울게 하소서'를 흥얼거리며 서연이 아파트
주차장에서 걸어 나오고 있을 때였다. 약간 건들거리며 한 남자
가 가까이 다가오고 있었다. 이십 대 중반쯤으로 보이는 남자는
검은 모자를 쓰고 있었고, 이마를 덮으며 흘러내린 머리카락 사
이로 눈빛이 날카롭게 빛났다. 남자의 발걸음이 좀 빨라졌다고
느끼는 순간 남자의 두 팔은 순식간에 서연의 입과 목덜미와 어
깨를 감싸 안은 채 서연의 원룸을 향해 민첩하게 움직였다. 누가
보더라도 사랑하는 연인 사이 같았다. 남자의 몸은 너무도 견고
한 철책 같아서 서연은 빠져나갈 수도 저항할 수도 없었다. 그런
상태로 계단을 올라갔다. 서연의 목덜미에 다급하게 내뱉는 남
자의 격한 숨소리가 들렸다. 현관 문 앞에서 남자가 서연의 어깨
를 두 손으로 꽉 잡은 채 귓가에 속삭이듯 말했다.
"자, 이제 조용히 문을 여세요. 당신의 방이 늘 궁금했어요."
서연의 완강한 몸부림이나 저항은 남자에게 어떤 동정심도
불러일으키지 않았다. 남자는 그런 거부를 즐기듯이 당연하게

여겼다. 불을 켜지 않은 어두운 방 안에서 남자는 서연을 겁탈했다. 도대체 이 남자는 누구인가. 어떤 기억도 머릿속에 떠오르지 않았다. 서연은 숨조차 쉴 수 없을 만큼 점점 정신이 혼미해졌고, 스스로 어떻게 할 수 없는 이 더럽고 역겨운 상황에 절망했다.

현관문을 열고 밖으로 나가려던 남자가 천천히 뒤돌아서더니 말했다. 어둠 속에서 얼굴 대신 아래로 깊이 내려쓴 모자의 형태만이 희미하게 보였다. 뜻밖에 차분한 목소리였다.

"신고하지 않았으면 해요. 당신은 나를 모르겠지만 나는 당신을 잘 알아요. 신고하면 당신을 죽일지도 몰라요. 내 맘대로 해서 정말 미안해요. 용서해줘요, 다시는 당신 곁에 나타나지 않겠다고 약속할게요."

서연은 남자를 신고하지 않았다. 남자의 협박 때문이 아니라 서연에게 '용서해 달라' 고 한 남자의 말이 증오와 함께 이상한 울림이 되어 가슴에 남았기 때문이다.

"그렇게 눈 오는데 차를 몰고 밖엔 왜 나가는데? 더구나 주말이라 병원도 쉬는데."

희수는 핀잔하며 서연의 이마에 물수건을 갖다 얹었다. 몸의 열이 38도를 웃돌았다. 눈 구경을 하고 난 대가로 주어진 열은 밤새 서연을 괴롭히며 끙끙 앓게 했다. 희수가 이른 아침에 쌓인 눈 좀 보라고 전화하지 않았다면, 아마 밤새 앓은 열 때문에 그만 정신을 잃어버렸을지도 모른다. 서연이 밤새 열 때문에 죽을 지경이었다는 말을 들은 희수는, 전화를 끊자마자 부리나케 약국에서 해열제와 진통제, 한약제로 만든 보약을 사갖고 택시를 타고 달려왔다. 그러나 임신 중인 서연은 함부로 약을 먹을 수도 없는 처지였다. 서연이 임신했다는 사실을 그제서야 알게 된 희수는 정말 어이없다는 표정으로 약국에 전화를 걸어 조언을 구했다. 약사는 한약제로 만든 보약은 독한 성분이 없고, 몸을 보호해 주는 것이기 때문에 먹어도 괜찮다고 했다.

약을 먹고 나자 서연은 어느 정도 열이 주는 공허감과 고통에서 조금은 벗어날 수 있었다. 어젯밤 동안의 일이 마치 아주 오래 전의 일처럼 아득하게 느껴졌다. 돌아오는 차 안에서 일어났던 어지럼증이며 그리고 그 미끄럽던 길에서 어떻게 집까지 돌아왔는지, 가만히 기억을 떠올려 보았다. 오래된 무성영화의 필름이 돌아가듯 장면 장면들이 이어지다가 끊기기도 하면서 아슬아슬하게 기억 속에서 펼쳐졌다.

천지를 하얗게 채색하며 아름답고 신비하게 장관을 이루던 눈

가지에 쌓인 눈들이 꽃이 되어 매달려 있던 가로수

눈이 덮인 마을의 정다운 집들, 집들에서 새어나오던 희미한 불빛

낡은 종탑이 서 있던 고즈넉한 교회 마당

아무도 없는 교회 안에서 신께 드린 기도

끝없이 흐르던 눈물….

"아직도 치기라는 게 남아 있니? 어쨌든 너란 애는 정말 무모해. 겉보기엔 그저 남의 보호본능이나 자극할 정도로 여리게 생겼는데, 가끔씩 행동하는 걸 보면 꼭 무슨 골리앗처럼 무지막지하단 말이야."

희수는 노골적으로 비아냥거렸다.

서연은 희수가 무슨 말을 하든 탓할 수 없는 입장이다. 희수가 아침에 눈 좀 보라고 전화를 걸지 않았다면, 그리고 아프다는 말을 듣고 한순간에 달려오지 않았다면 아마 지금쯤 자신은 열 때문에 쓰러져 감당하기 어려운 고통 가운데 있을지도 모른다. 혼자 산다는 것이 힘든 것은 무엇보다 몸이 아플 때 바로 도와 줄 도움의 손길이 없다는 것이다. 어느 순간 자신의 의지로는 어떻

게 해 볼 도리가 없이 극단적으로 비참해질지 모르기 때문에 고독한 것이다.

유리포트에서 헤이즐럿향의 블랙커피가 부글부글 흰 거품을 내며 끓고 있다. 끓고 있는 커피가 만들어내는 거품은 마치 굽이치는 푸른 파도의 흰 포말 같다. 파도의 포말은 바다와는 전혀 다른 색깔과 모양이면서도 결국은 바다의 한 부분인 것처럼 커피 거품도 커피와는 분리된 것 같은데 가라앉으면 결국은 똑같은 커피라는 것. 서연은 신기하다는 생각이 들었다. 그리고 사람의 인생도 이와 비슷한 것이 아닐까 생각했다. 때로는 자기의 것이 아니었으면 좋겠다 싶은 시간이나 사건들, 피하고 싶은 사람조차도 결국은 자신의 것으로 고스란히 남겨지게 되는 냉정한 것. 인생은 그런 것이라고.

작은 원룸 안에 향긋한 헤이즐럿향이 퍼졌다.

"도대체 어떻게 된 거야? 무슨 비밀이 그렇게도 많아!"

커피를 머그잔에 따르면서 희수가 화가 난 듯 말했다.

서연은 아무 말도 하지 않았다. 도대체 무슨 말을 할 수 있단 말인가? 희수에게 강간당해서 생긴 아이라고는 차마 말할 수 없었다. 강간당해서 생긴 아이를 임신하고 있다는 것이 희수에게는 상상할 수도 없는 미친 짓으로만 보일 텐데…. 사실 그렇다.

누가 들어도 미친 짓일 뿐이라는 것을 서연도 잘 알고 있었다. 그런데 이상하게도 뱃속의 아이가 함부로 낙태할 수 없는 소중한 한 생명이며, 자신의 분신일 수 있다는 생각을 떨쳐버릴 수 없었다. 모성은 아이의 부가 어떤 인간인가 하는 것을 초월해서 여성들만이 가지는 순수한 본능인 것이다. 서연은 한 생명을 잉태하고 있다는 사실만이 어느 순간 참으로 소중하게 생각되었다.

희수는 침묵하는 서연에게 더 이상 묻지 않았다. 자존심 강한 서연이 말하지 않기로 마음먹었다면 어떤 경우에도 말하지 않을 거라는 사실을 희수는 알고 있었다. 조금 섭섭하기는 하다. 겨우 오늘 아침에야 서연이 임신한 사실을 알게 되었으니 말이다. 하나 뿐인 소꿉친구인 자기에게도 임신 사실을 숨길 정도라면 얼마나 많은 고민을 했을지 상상이 되어 희수는 마음이 아팠다. 그리고 서연의 어두운 미래가 걱정되었다.

"알겠다. 너 고집 세잖아 말하기 싫으면 하지 마! 분명한 것은 생명은 함부로 낳아서는 안 된다는 것. 아마 너도 충분히, 깊이 생각하고 고민했겠지만 어쨌든 그 사실은 너무도 중요해. 태어나는 생명에게는 아무런 선택권이 없어. 단지 누군가에 의해 이 세상에 존재하게 되는 것뿐이지. 그리고 태어나는 순간부터 운명이라는 이름으로 행복이나 불행이 주어지게 되고, 생각만 해도 너무 끔찍해. 네가 낳을 아이가 어떻게 살아갈지 한 번 생각해 봐!"

고개를 숙이고 깊은 생각에 잠긴 서연을 보면서 희수가 간절한 마음이 되어 말했다. 이제라도 낙태할 수 있다면 그게 서연을 위해서 가장 좋은 결정이리라고 희수는 확신했다.

우체국에서 근무하는 희수는 토요 휴무제가 실시되면서 마음 맞는 직원들과 함께 격주로 고아원에서 자원봉사자로 일했다. 하루 동안 아이들의 공부도 도와주고 준비해 간 음식을 함께 나눠 먹기도 하면서 시간을 보냈다. 희수는 고아원에서 무책임하게 버려지는 많은 아이들을 보아왔다. 그렇게 버려진 아이들은 마치 음지식물처럼 잔뜩 웅크린 채 마음을 쉽게 열지 못하고, 세상의 밝고 명랑한 것과는 등을 돌린 채 살아가기가 일쑤였다. 누군가 진심으로 사랑을 줘도 아이들은 그 사랑을 기꺼이 받아들이지 못하고 햇빛에 타들어가는 해바라기처럼 우물쭈물 망설이고 어색해하고 불안해하면서, 그 사랑이 사라지지 않을까 조바심을 내는 것이다. 영양부족으로 얼굴에 허옇게 핀 버짐이나 아무리 닦아줘도 자꾸만 흘리는 콧물처럼 아이들은 늘 애정의 결핍에 시달린다. 그러면서 한편으로는 위선과 편견으로 가득 찬 세상의 시선으로부터 벗어나지 못한 채 힘겹게 살아가는 것이다. 희수는 서연이 어떤 경우에라도 아이를 낳아서 버리는 일 따위는 하지 않으리라는 것을 확신했다. 그러나 아빠도 없이 엄마하고만 살 그 아이는 세상의 인습에서 결코 자유로울 수 없을 거라는 생각이 들었다.

희수는 서연의 침묵이 답답해진다. 눈 때문에 한결 더 가까워진 산이 성큼 창 앞에 펼쳐져 있었다. 흐린 날씨 때문에 눈은 녹지 않은 채 그대로 산을 뒤덮고 있다. 산 아래로 강물이 잔잔한 물결을 이루며 흘러가고 있다.

희수는 지난겨울, 서연이 부모로부터 독립해서 전망 좋은 이 집에 이사 왔을 때 얼마나 행복해했던가를 기억하자 마음이 스산해졌다. 서연을 둘러싸고 있는 모든 보이는 것들은 한결같은데 그 상태만이 몰라보게 달라져 있었다.

서연이 십 년 가까이 성실하게 다니던 은행을 1년간 휴직한다고 했을 때, 희수는 너무 뜻밖이라 그 이유를 물었었고 서연은 조개처럼 입을 꽉 다문 채 침묵했었다. 희수는 그때 무척 답답했었다. 그러나 이유를 알게 된 지금은 더욱 마음이 답답해져버렸다. 침대에 아파서 누워있는 서연을 보자 희수의 입에서 저절로 짧은 한숨이 새어나왔다. 희수는 베란다로 나가 창 앞에 섰다.

처음 집 안에 들어섰을 때, 베란디 유리창으로 보이는 그 획 트인 전망이 좋아서 주인이 집값을 부르는 대로 한 푼도 깎지 않고, 보러 온 그 날 바로 집을 계약하고 사 버렸다고 서연은 희수에게 말했었다. 서연의 원룸은 작은 공간에 비해 창을 통해 들어오는 전망이 한 폭의 잘 그린 풍경화처럼 넓고 아름답게 펼쳐져 있었다. 부드러운 능선들과 하늘이 푸르고 맑은 날이면 고요히 어리는 초록빛 산 그림자를 친구 삼아 느릿느릿 흘러가는 강물. 드넓게 펼쳐져 있는 들판이며 푸르고 높은 하늘은 사는 일에 지치고 힘들 때 그저 바라보기만 해도 평안함을 안겨주는 안식 그 자체였다.

"저 산에 눈 좀 봐!"

희수의 입에서 감탄이 터져 나왔다.

눈 내린 창밖의 전망에 정신이 팔려 감탄하고 있는 희수를 보면서 서연은 슬그머니 미소를 지었다. 희수의 좋은 점은 어떤 생각이나 대상에도 오래 집착하지 않고 금방 새로운 것에 몰두하는 그 낙천성이라고 생각했다. 매사 지나치게 예민한 서연은 희수의 그런 낙천적인 성격이 부러웠다. 아무리 노력해도 가질 수 없는 타고난 기질인 것이다.

서연은 침대에서 애써 몸을 일으켰다. 순간 머리가 조이는 듯 어지러웠다. 다시 자리에 누워버렸다. 열은 좀 내렸지만 몸은 여전히 자신의 몸이 아닌 것 같다. 무겁고 주체하기가 힘이 든다. 그냥 누워서 창유리를 통해 보이는 눈 내린 산의 풍경을 바라보았다. 메마른 겨울 산이 흰 눈에 덮여 있는 모양은 어쩐지 깊은 사색에 잠긴 사람의 얼굴처럼 고요하고 아름답다. 그러나 그 아름다움이 해가 뜨면 자취도 없이 사라질 너무나 짧은 순간의 아름다움이라고 생각하니 서연은 왠지 허무해졌다.

희수는 가족 모임이 있다며 오후가 되자 돌아가고, 밤이 되자 연락을 끊고 있었던 그가 예고도 없이 불쑥 서연을 찾아왔다.

검은색에 가까운 흑장미를 화원에서 담아서 팔던 작은 단지 채로 안고 왔다. 도대체 몇 송이나 될까….

그는 많이 지쳐 보였다. 지난겨울 마지막으로 보았을 때만 해도 나이 보다 훨씬 젊어 보였었는데 어느새 흰머리가 듬성듬성 돋아나 있고, 살이 쪽 빠진 얼굴은 탄력을 잃고 자기 나이만큼 보이게 했다. 식탁 위에 장미꽃 단지를 놓으면서 서연에게 얼굴이 너무 창백해 보인다고, 어디 아픈 것 아니냐고 그가 물었다. 서연은 괜찮다고 말하며 웃어 보였다. 그가 서연이 앉아 있는 침대에 와서 걸터앉았다. 장미를 한가득 안고 와서인지 그의 몸에서 진한 장미향이 났다. 향기는 그의 몸의 일부처럼 자연스럽고도 다정한 느낌을 주었다. 서연이 슬쩍 그의 옆얼굴을 바라보았다. 무슨 고민이 있나, 몹시 우울해 보인다. 서연은 마음이 무거워져서 고개를 돌려 식탁 위에 놓인 장미꽃 단지를 바라보았다. 흑장미는 무척 아름다웠다. 셀 수 없이 많은 검은 장미들이 내뿜는 매혹적인 향기가 작은 방 안을 가득 채워 숨을 들이 쉴 때마다 향기들이 코끝에 스민다. 숲속의 풀꽃들이 바람이 불 때마다 작은 꽃잎들을 흔들며 서로 몸을 부딪치듯, 마음속 감정과 감정이 그리움에 흔들린다. 그리고 그 그리움엔 더 이상 어쩔 수 없는 체념의 거리가 놓여 있어 슬픔을 느끼게 했다.

서연은 은행의 여직원 모임에서 한 달에 한 번 자원봉사를 나갔던 '사랑의 집'에서 그를 만났다. 국가의 보조를 받아 치매 노인들을 보살피는 민간시설이었는데, 대부분 가난한 노인들이 적은 돈을 내고 맡겨지는 곳인 만큼 늘 사람들의 도움의 손길을 필요로 하는 곳이었다. 그나마 적은 돈을 내고서라도 이곳에 올 수 있는 노인들은 행복한 편이었다. 돈이 없어서 아무 곳에도 갈 수 없고 보살피는 손길도 없는 노인들은 그냥 집 안에 방치된 채 악취와 함께 고통 가운데 죽어가는 것이다.

서연이 봉사를 나갔던 그날, 그도 자기 회사의 부서 직원들과 함께 '사랑의 집'에 자원봉사를 나왔었다. 대부분 활력이 넘치는 젊은 청년들 사이에서 사십을 훌쩍 넘어 보이는 그는 좀 특별해 보였다. 그러나 누구보다 열심히, 손발을 움직이는 것조차 힘든 병든 노인들의 손발이 되어 그들을 깨끗하게 목욕시키고 보살피는 헌신적인 모습은 서연의 눈길을 끌었었다. 그 역시 서연이 노인들에게 인내심을 갖고 천천히 밥을 떠먹여주고, 같은 말을 끝없이 되풀이하는 그들의 얼굴을 조용히 바라보며 이따금 고개를 끄덕이기도 하면서 다정한 말벗이 되어주는 그 모습이 좋았다.

그날 봉사를 마치고 그가 약간 떨리는 목소리로 서연에게 함께 저녁 식사를 하자고 제안했을 때 서연은 거절할 수 없었다. 그때부터 시작된 그와의 만남이 몇 년째 비밀스럽게 이어지고 있었다.

그의 부인이 서연을 찾아온 것은 지난겨울, 그가 서연에게 난 화분을 선물하고 간 지 얼마 되지 않았을 때였다.

여자는 은행 앞에 있는 찻집으로 서연을 불러내어 협박하듯이 말했다. 그를 위해서 죽을 수 없다면 그만 이쯤에서 끝내라고, 더 이상 만난다면 참지 않겠다며 욕설을 퍼부었다. 그때 서연은 여자의 온갖 모욕과 욕설이 차라리 시원했었다. 숨긴 비밀이 드러나서 부끄럽다기보다 오히려 홀가분했다. 무거운 죄 히나기 더 이상 견디지 못하고 바닥으로 툭 떨어지는 느낌이었다. 은행 직원들 앞에서 창피를 주지 않는 것만도 고맙게 생각하라며 주름 하나 없이 팽팽한 기름진 얼굴로 맘껏 자신을 비웃는 여자의 얼굴을 보면서 서연은, 여자와 자신과 그에 대한 심한 혐오감을 동시에 느꼈고, 그가 자기 부인에게서 결코 떠날 수 없으리라는 것을 깨달았다. 서연은 그 혐오감 때문에 그를 사랑하는 일을 멈췄다.

문득 지금 자신의 몸속에 누군가에게 강간당해서 생긴 생명이 자라고 있다고 말한다면 그가 어떤 표정을 지을지 궁금해졌다. 서연은 자신이 임신한 걸 알고 나서 한동안은 거식증에다 불면증까지 걸려 가을바람에 이리저리 쓸려 다니는 낙엽처럼 밤거리를 마구 헤매고 다닌 적도 있었다. 미친 여자가 따로 없었다. 그것은 누구에게도 말할 수 없는 혼자만의 비밀이었고, 그런 만큼 고통과 절망이 컸다.

- 바보같이, 낙태라는 너무도 쉬운 방법이 있잖아? 그만 지워버려! 한순간이야. 아무도 몰라. 네가 그 아이를 낳는다면 괴로움은 영원하지만 지우면 아무 일도 없어. 없었던 일처럼 편안해지는 거야. 세상의 어떤 여자도 강간당하고 그 결과로 생긴 애를 낳지

는 않아. 만약 네가 아이를 낙태하지 않는다면 평생 조롱당하면서 살겠지. 그러니 그만 지워 버려! 지워 버려! -

하루에도 수없이 이런 소리들이 서연의 마음속에서 쿵쿵 울렸다. 서연은 몇 번 낙태하기 위해 병원을 찾아간 적이 있었다. 그러나 도저히 생명을 없앨 용기가 나지 않아 되돌아오고 말았었다.

"나 태국에 가서 살 것 같아. 그동안 회사에서 태국 진출을 추진 중이었는데 거의 마무리 단계에 와 있어. 파견 근무자로 가는 건데, 사실 언제까지라는 기한이 없어. 일을 도맡아서 책임지고 해야 하는데 많이 부담스러워. 그러나 거절할 수 있는 입장도 아니고, 이번에 가면 오랫동안 태국에 머물러야 할 거야. 만약 회사를 그만 두고 내 개인적인 사업을 한다 해도 경제가 바닥을 헤매는 이 땅보다는 한결 해볼 만하고."

그렇게 말하는 그의 눈빛이 새로운 일에 대한 호기심과 떠나야 한다는 사실 사이에서 고민하는 듯 우울하게 반짝였다. 그가 태국에 가거나 이 도시에 남거나 마음을 차지하고 있는 그의 존재는 똑같다. 차라리 그가 이 도시를 아주 떠나는 것이 자신의 고통을 덜어주는 것일지도 모른다고 서연은 생각했다. 사랑하는 일을 멈추었다고 해서 사랑이 끝난 것은 아니며 헤어졌다고 마음에서까지 헤어진 것은 더욱 아니다. 아무런 만남의 예감이나 희망이 없는 상태가 차라리 견디기가 나을 것이다.

식탁 위의 장미꽃 향기가 다시 코끝에 스친다. 너무 진한 향기에 머리가 어지럽다. 어젯밤 내내 앓았던 열이 다시 오르는 것 같다. 온몸이 나른하게 가라앉는다. 서연은 그 앞에서 약한 모습을 보이기가 싫어 애써 태연한 표정을 지었다.

"우리 차 한 잔씩 더 마셔요."

서연이 다 마신 찻잔을 들고 침대에서 일어났다.

"그냥 앉아 있어, 피곤해 보이는데."

그가 일어서는 서연의 팔을 잡아당겨 다시 자리에 앉혔다. 그리고 서연의 어깨를 두 손으로 감싸고 자신의 가슴으로 살며시 끌어안았다. 서연의 어깨뼈가 두 손 가득 느껴졌다. 손을 놓으면 한 마리 작은 새가 되어 금방이라도 푸드득 날개를 치며 날아가 버릴 것 같다. 서연은 다시 머리가 어지러웠다. 그의 가슴에서 여전히 장미 향기가 난다. 그가 서연의 얼굴을 들어 가만히 바라보았다. 만나지 않은 사이에 서연의 눈은 한층 어두워져 있었다. 그는 서연에게 상처만 남기고 떠나는 것이 미안하다. 외국으로 떠나는 일이 아니었다면, 그래서 다시 볼 수 없을지도 모른다는 절박함이 아니었다면 그는 결코 눈이 왔다고 해서 서연을 찾아올 용기를 내지 못했을 것이다.

"내가 차 끓일게."

그는 자리에서 일어나 싱크대 쪽으로 걸어갔다. 걸어가는 그의 뒷모습이 늙고 쓸쓸해 보였다.

새벽녘에 서연은 주체할 수 없이 오르는 열 때문에 끙끙 앓으며 누워있었다. 밤이 깊어지자 한 번씩 뱃속이 뭉치듯 단단해지며 아파오는 느낌 때문에 서연은 불안했다. 의사는 서연에게 유산할 수 있으니 일상생활에서 조심하라는 경고를 거듭했었고, 서연은 의사의 경고대로 조심하는 것이 좋겠다 싶어 다니던 은행을 1년 휴직했다. 더구나 점점 배가 불러온다면 더 이상 숨길 수 없는 임신 사실에 대한 두려움과 미혼모를 향한 사람들의 날카로운 멸시와 비난을 도저히 감당해 낼 자신이 없었다.

서연은 어제의 눈 구경이 희수의 말대로 정말 무모한 짓이었다고 자책했다. 해열제를 먹지 않아서인지 열이 다시 오르고 있다. 그렇다고 함부로 해열제를 먹을 수도 없다. 얼굴이 열 때문에 붉어졌다. 열이 온몸을 불안에 떨게 한다. 아랫배가 자꾸만 뒤틀리며 아프다. 서연은 낮에 먹고 남은 힌 봉지 보약이 생각나서 그걸 전자레인지에 데워서 마셨다. 그래도 자꾸만 어지럽다. 그를 보내지 말고 어떻게든 하룻밤이라도 붙잡아 둘걸, 후회가 되기도 한다. 열 때문인지 자꾸만 생각들이 흩어지고 헛된 생각들만이 머릿속을 분분히 맴돈다. 그럴수록 더 열이 난다. 온몸이 뜨거운 물에 들어갔다 나온 듯이 붉은 열꽃이 피었다.

서연은 방 안의 불빛이 너무 눈부셔 불을 껐다. 어두워진 방 안에서 장미꽃 향기가 난다. 그의 가슴에서 묻어나던 향기다. 그가 걸터앉았던 침대, 현관 손잡이, 찻주전자, 찻잔, 무엇이든 그의 손길과 눈길이 스친 것에는 그의 향기가 난다. 서연의 가슴에도, 머리카락에도, 눈에도, 두 손에서도 그의 향기가 난다. 어디에든 그의 향기가 나는데 정작 그는 어디에도 없다. 서연은 그제야 그의 부재가 주는 서러움과 두려움, 고통이 자신의 내면 깊숙이 파고드는 것을 느꼈다.

어둠 때문인지 환할 때보다 열은 덜 고통스럽게 여겨진다. 아랫배의 통증도 참을 수 있을 것 같다. 서연은 한결 차분해진 마음으로 가만히 누워서 창밖을 바라보았다. 방안이 환할 때는 보이지 않았었는데 어두운 밤하늘에 언제부터 내렸는지 고요하게 흰 눈이 내리고 있다. 봄날, 벚나무의 흰 꽃잎이 바람에 파르르르 떨어져 날리듯 그렇게 눈이 흩날리고 있다. 서연은 마치 지난

밤의 풍경이 그대로 재현되는 게 아닌가 해서 깜짝 놀랐다. 시간
이 어제로 되돌아가 버린 것 같은 착각마저 들었다. 더 가까이서
눈이 보고 싶어 돌덩이처럼 무거워진 몸을 천천히 일으켰다. 순
간 아랫배에서 뜨거운 것이 다리로 흘러내렸다. 통증이 느껴진
다. 피다. 서연은 자신의 몸 안에서 생명이 쑥 빠져나가는 것을
느꼈다.

- 안 돼! 죽어서는 안 돼! -

서연은 마음 깊은 곳에서 힘을 다해 소리쳤다. 어디에든 전화
를 걸고 싶지만 온몸의 기운이 다 빠져나간 듯 힘을 낼 수가 없
다. 피는 계속 흘러내려 옷과 침대시트를 붉게 적셨다. 온몸이
다시 열에 휩싸여 정신을 차릴 수가 없다. 어지럽다. 창밖에는
조금 전보다 더 많이 내리기 시작한 흰 눈들이 무수한 눈꽃이 되
어 흩날리고 있다.

서연은 고통 속에서 얼핏 자신의 사랑과 생명이 모두 눈꽃이
되어 하늘로 아득하게 흩어지는 것을 보았다.

꽃이 진 후에

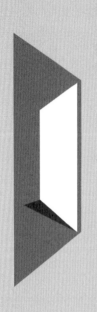

물결을 타듯 손가락을 쉬지 않고 움직이면서 대바늘로 한 코 한 코 꼬임 뜨기를 해내려 가면, 어느 사이 주르르 모래가 흘러내리는 듯한 아란 무늬가 만들어지는 것이다.

"햇빛이 참 좋다."

어머니는 봄바람이 차가운지 손으로 입을 가리며 말했다. 손가락에 낀 오래된 금반지가 햇빛에 반짝 빛났다. 10여 년 전 소자가 대학을 졸업하고, 초등학교 서무실에서 근무하며 첫 월급을 받았을 때 어머니께 해드린 선물이었다. 어머니는 그 두 돈짜리 금반지를 한 번도 손가락에서 뺀 적이 없다. '이거, 우리 딸이 해 준 거야.' 사람들에게 자랑하곤 했었다.

하얀 벚꽃잎들이 바람에 핑그르르 돌며 떠다니듯 날린다.

"아, 엄마 머리에 벚꽃잎이 붙었네."

소자는 머리에서 벚꽃잎을 떼어 어머니께 보여드렸다. 작은 꽃잎을 보는 어머니의 주름진 눈가에 희미한 물기가 어렸다. 봄꽃들의 화사함이 늙고 병들어 쇠잔해진 어머니의 몸을 더욱 애처롭게 만들었다. 풍선의 공기가 빠지듯 날마다 조금씩 어머니의 생명이 몸에서 빠져나가는 것을 소자는 느낀다.

"그만 들어가자, 춥다."

여전히 손으로 입을 가린 채 어머니는 말했다. 등으로 느껴지는 햇살이 따스해 물오리들이 자맥질하고 있는 연못가에 가려던 소자는 휠체어를 돌려서 병실로 향했다.

신설된 지 얼마 안 된 병원은 넓고 밝고 깨끗해서 쾌적했다. 흔히 '요양병원'이 떠올리는 폐쇄적이고 누추한 이미지와는 거리가 멀었다. 주변이 숲으로 둘러싸여 있어서 눈에 보이는 모든 것이 다 고요했다. 그 고요한 시간이 나무와 꽃, 하늘가에 잔잔히 머물러 있다. 그러나 더 이상 혼자 걸을 수 없게 된 어머니가 이 병원에 처음 왔을 때, 이 정지된 듯한 고요함을 못 견뎌 하셨다. '이런 데서는 못 산다. 제발 날 집으로 데려다 줘!' 소자를 붙잡고 애원했다. 더구나 평생 집을 떠나 산 적이 없던 어머니로서는 여섯 사람이 함께 있는 낯선 병실이 아무리 쾌적하다 해도 견디기가 힘들었던 것이다. 그러나 두어 달이 지난 지금, 어머니는 함께 있는 노인들에게 고맙다는 말을 자주 한다. 혼자 일어나고, 걷는 것이 불가능한 어머니를 그들이 혈육처럼 잘 돌봐주기 때문이다.

노인들은 서로의 모습을 보면서 동병상련의 고통을 나누는 것이다. 어머니를 제외한 다섯 노인들 중 셋은 몸이 불편하거나 치료를 목적으로 병원에 있는 것이 아니었다. 처음에 병원에 올 때는 그런 목적이었지만, 몸이 다 나은 상태에서도 그들은 병원에 남아 있었다. 더 이상 자식들이 함께 있는 것을 원하지 않거나, 어쩔 수 없는 상황 때문에 그냥 머물러 있는 것이다. 어머니는 어느 순간부터 집으로 돌아가고 싶다는 말을 하지 않는다. 이제 어머니는 안다. 영원한 본향 외에 어머니가 돌아가 편히 쉴 수 있는 집이 없다는 것을.

넓은 복도에는 노인들이 소파에 앉아서 이야기를 하거나 TV를 보고 있었다. 환자복을 입고 앉아 있는 노인들의 모습이 다 똑같아 보여 소자는 순간 놀랐다. 포대기에 싸여 누워 있는 신생아실의 아기들이 똑같아 보이듯 노인들도 그렇게 똑같아 보였던 것이다. 소자는 왠지 마음이 서늘해졌다.

"산책 갔다 오우?"

병실에 들어서자 어머니 왼쪽 편에 있던 할머니가 무료하게 앉아 있다가 반갑게 맞아주었다. 정지되어 있던 화면에 확 불이 켜지듯 보이지 않던 할머니들이 어느 사이 병실 안으로 들어와 있었다. 어머니를 기다리고 있었던 것일까? 소자는 할머니들의 그런 모습에 가슴이 먹먹해졌다. 침대로 어머니를 옮길 때 그들은 서로 도와주려고 애를 썼다.

"이 분들이 아니면 난 못 산다."

어머니가 혼잣말처럼 했다. 할머니들은 어머니를 아기 다루듯 했다. 혼자 걷지도 못하고, 힘도 없는 연약한 어머니는 사실 아기 같은 존재가 되어버렸다. 그 사실이 소자를 슬프게 했다. 그러나 다행히도 어머니는 현실을 그대로 받아들였다. 자신이 이제 아기같이 되어 남의 도움과 보호를 받아야만 살 수 있다는 것을.

"어젯밤에는 내가 자다가 오줌을 싸서 밤새도록 오줌 위에 내 몸이 떠 있었다. 그런데도 꼼짝도 못 하고, 아침에 이 분들이 고생 많았다. 이렇게 살아서⋯."

어머니는 말을 잇지 못하고 울음이 터지려는 것을 애써 참았다. 소자는 그런 어머니가 가여워서 살며시 손을 잡았다. 잠깐 동안의 외출이 힘에 겨운지 어머니는 쉬고 싶다고 하셨다. 소자는 어머니를 눕혀 드리고, 집에서 노인들을 위해 가져온 과일과 간식거리를 풀어 골고루 나눠 주었다.

"아! 정작 엄마는 드시지도 않는데, 이런 것 가져오지 말아요."

한 할머니가 말했다. 말은 그렇게 하지만 토요일에 한 번 소자가 가져오는 달콤한 파이나 과일 같은 간식거리는 할머니들에게 은근한 기다림과 즐거움을 안겨주는 것이었다. 드러내놓고 좋아하진 않지만 감출 수 없는 즐거움이 그들의 얼굴에 퍼졌다. 오랜 시간 병실에서 함께 지내온 할머니들은 한 핏줄처럼 스스럼없이 지냈다. 누군가 평생 살아온 이야기를 수없이 반복해도 할머니들은 마치 처음 듣는 것처럼 고개를 끄덕이며 그렇제! 그렇제! 추임새를 넣어 이야기 흥을 돋우었다. 병 때문에 죽을 고비를 몇 번 넘기고 뼈만 남아서 장례를 치르러 이 병원에 왔는데, 신기하게도 몇 년 만에 거뜬히 나았다는 한 할머니의 이야기는 어머니의 눈시울을 젖게 했다.

"할매도 힘내요. 나는 할매보다 더 병들어 왔다카이. 그래도 지금 이래 멀쩡하잖우."

어머니보다 더 병들어 왔다가 이제는 멀쩡하다는 할머니는 병실에서 가장 건강해 보였다. 소자는 할머니가 '뼈만 남아서'라고 할 때마다 믿기지 않는다. 그러나 다른 할머니들이 다 고개를 끄덕이는 것을 보면 사실임이 분명했다.

"저 할매가 우리 중에 제일 뒤에 들왔는데, 정말 뼈만 남아서 왔거든. 지금은 저래 멀쩡해도."

한 할머니가 사과 파이를 먹으면서 소자에게 말했다. 소자는 고개를 끄덕였다. 할머니들이 이런저런 이야기하는 것을 어머니는 그저 듣기만 했다. 어디서나 조용한 건 어머니의 성품이었다.

"그만 가라, 너도 쉬어야지."

어머니가 말했다. 소자는 대답 대신 어머니의 이불을 목까지 당겨주었다.

"하마 갈라꼬?"

가방을 챙기는 소자를 보면서 할머니들이 섭섭해 했다. 오랜 병원 생활에 자식들이 거의 찾아와주지 않는 할머니들로서는 소자가 그들의 자식인 것처럼 반갑고 좋은 것이다. 소자는 할머니들에게 어머니를 잘 돌봐줘서 고맙다는 인사를 한 뒤 병실을 나섰다.

어머니는 눈을 감은 채 소자가 병실을 나가는 발소리를 들었다. 병실에 있고부터 어머니의 귀는 더 밝아졌다. 아주 미세한 소리도 그렇게 잘 들리는 것이다. 점점 멀어져가는 소자의 발소리가 귓가에 잔잔히 울려 어머니는 깊은 한숨을 내쉬었다.

'헤어졌어요.' 하던 소자의 목소리. 그 목소리가 얼마나 서늘했던지, 그대로 어머니의 마음에 남아 이따금 환청처럼 귀에 들리곤 했다. 손가락에 깊이 배인 아픈 가시. 소자는 어머니에게 그런 존재가 되어버렸다. '헤어졌어요.' 하던 소자에게 어머니는 왜냐고 묻지 않았었다. 세상을 오래 살다보면 얼굴만 봐도 그 천성이 보이는 법이다. 놈이 그랬다. 나쁜 놈. 어머니는 깊은 한숨을 내쉬었다. 소자가 저보다 나이가 여덟 살이나 많은데다 이혼까지 한 놈에게 미쳐서 결혼한다고 했을 때 어떻게든 말리지 못한 것이 어머니에게 뼈저린 후회를 남겼다.

'그 사람 탓이 아니에요. 내가 못난 거지. 다 내 탓이야.' 톡톡 소리 나게 어머니의 손톱을 깎아주면서 그렇게 말하던 소자의 담담하던 목소리. 그 목소리는 홀로 누워 있는 어머니의 기억을 떠돌다가 마치 금방 들은 것처럼 귓가에 생생하게 되울려 마음을 아프게 했다. 어머니의 마음속에서 끊임없이 솟아나는 소자에 대한 생각들은 어쩌면 어머니에게 남아있는 유일한 삶의 끈인지도 몰랐다. 어머니는 자신이 죽기 전에 소자가 재혼해서 다른 자식들처럼 그저 무난히 사는 것을 보고 싶다. 그 소원이 이루어지기를 어머니는 침상에서 날마다 기도한다.

깊은 어둠 속에 누워 있는 강물 위로 강변의 집들이 흔들리며 떠 있다. 물결을 따라 쉼 없이 흔들리는 집들. 대낮의 빛을 견디며 지상에 견고하게 서 있던 집들이 밤의 물결에 어리면 저토록 흔들리는 것인지. 아파트 베란다에 서서 강물을 바라보던 소자는 문득 무너져버린 자신의 집을 생각했다.

남편을 사랑했었다. 그러나 남편은 소자를 속이고 교묘하게 집까지 팔아 주식투자를 했다. 대박을 노리며 그가 투자한 주식은 어느 순간 휴지조각보다 못한 쓰레기가 되어 날아가 버렸다. 집이 무너지는 건 한순간이었다. 가슴을 치는 소자에게 남편은 자신을 떠나라고 했다.

'봐, 이제 내겐 아무것도 남은 게 없어. 난 미쳤어, 너를 죽일지도 몰라.'

남편은 주머니 속에서 작은 칼을 꺼내 보이며 말했다. 그리고 자신의 손목을 쓰윽 긋는 시늉을 했다. 때로는 잠들어 있는 소자의 목을 조르며 느닷없이 돈을 달라고 소리치기도 했다. 그때마다 집은 공포로 아수라장이 되곤 했다. 부모에게 물려받은 사업도 망하고 그나마 있던 집도 잃어버리고, 사채까지 빌려 쓴 그는 궁지에 몰린 짐승처럼 살의만 남았다. 소자는 그의 눈빛을 보는 것이 두려웠다. 사랑한다고 믿었던 남편이지만 살의가 가득한 그의 눈빛을 보는 순간 그 사랑은 무참히 깨져버렸다. 그에게서 느껴지던 부성애에 끌려 어머니가 그토록 반대했음에도 불구하고 결혼했던 소자였었다. 그러나 그 결혼은 끔찍한 상처와 혐오만을 남겼다. 어머니가 계신 집으로 돌아온 건 그렇게 남편이 짐승처럼 되어버린 후였다. 아껴 쓰며 애써 모았던 적금이며 직장의 퇴직금을 미리 정산해야 했다. 소자는 남편에게 돈이 될 만한 모든 것, 심지어는 손가락에 낀 결혼반지까지 다 빼 준 뒤에야 어머니의 집으로 돌아올 수 있었다. 그랬다. 도박에 미치면 사람은 미쳐 날뛰는 짐승이 되는 것이다.

'헤어졌어요.' 하는 말에 어머니는 왜냐고 묻는 대신 눈물을 흘렸다. 그리될 줄 다 알았다는 듯이. 소자가 결혼하자 홀로 집에 남았던 어머니는 다시 소자와 둘이 있게 되었다. 어머니는 소자의 상처를 따뜻하게 감싸주었다. 소자는 어머니의 사랑 안에서 상처들을 치유해 나갔지만, 어머니는 한 해 한 해 몰라보게 건강에 축이 났다. 빛에 시드는 풀잎처럼 그렇게 쇠잔해갔다. 어머니가 무릎 연골이 닳아서 더 이상 혼자 걸을 수 없게 된 것은 소자와 함께 산 지 삼 년 만이었다. 한동안 국가에서 지원해 주는 요양보호사가 소자가 없는 낮 동안 어머니를 돌봐 주기도 했지만, 그 후의 시간 동안 소자가 어머니를 돌보는 데는 한계가 있었다.

언제까지가 될지 모르는 그 돌봄의 일이 직장 생활을 겸해야 하는 소자에게는 무리였다. 그렇다고 자신이 돌보겠다고 말하는 오빠도 없었다. 다들 제 살기도 빠듯한 형편인 것이다. 소자의 월급에서 어머니의 병원비가 나갔지만 오빠들은 모르는 체했다. 어머니와 함께 살고 있는 소자가 마땅히 부담해야 하는 것처럼 생각하는 것이다. 간간이 어머니께 보내 주는 용돈, 그게 다였다.

'필요하면 어머니 통장에서 충당해.' 오빠들은 그렇게 말하면서 한 번도 어머니의 통장 잔고를 확인하지 않았다. 확인하는 순간 돈이 사라지기라도 하는 것처럼. 그들에게 어머니의 통장은 아무리 빼내 써도 잔고가 줄지 않는 요술 통장인 셈이다. 그런 오빠들에게 소자는 아무 말도 하지 않았다. 결혼에 실패하고 돌아와 어머니의 집에서 산다는 그것만으로도 갚아야 할 빚을 진 것 같아서였다.

어머니가 병원에 가신 후로 소자는 교회 새벽기도회에 나가기 시작했다. 잠이 오지 않는 날이 많았기 때문이다. 어머니와 함께 하던 밤이 사라지자 그만 잠도 사라져버려 자주 불면의 밤을 보내곤 했다. 그렇게 불면의 밤을 보낸 날이면 소자는 어김없이 새벽기도회에 갔다.

교회에 가기 위해 소자가 엘리베이터를 탔을 때, 남자는 조금 놀란 얼굴로 소자를 바라보다 말없이 한쪽 모서리로 가 섰다. 엘리베이터는 25층을 향해 올라가고 있었다. 모서리에 서 있던 그가 한 발짝 앞으로 나가는 순간 엘리베이터가 멈춰 섰다. 소자는 무심히 그의 옆얼굴을 보았다. 껍질 벗긴 양파처럼 얇은 피부가 맑게 보인다. 소자는 슬쩍 거울에 비친 자신의 얼굴을 보았다. 까칠하다. 그가 내리고 엘리베이터는 다시 아래로 내려간다. 소자는 문 앞으로 한 발짝 옮겼다. 몇 년 동안 아파트에 살았지만 한 번도 마주친 적 없는, 처음 보는 그의 얼굴은 왠지 낯설지 않았다.

다리를 지나 은행나무 사이로 난 길을 걸어가다 소자는 문득 멈추어 서서 뒤돌아보았다. 방금까지 자신이 걸어서 온 길이라고는 믿기지 않을 만큼 길은 너무도 고요했다. 사람이 지나온 어떤 자취도 길은 남기지 않는다. 그런 길은 소자의 마음을 숙연하게 했다. 소자는 다시 되돌아서서 가던 길을 걸어갔다. 나뭇가지 사이로 교회 십자가의 붉은 빛이 선명하게 보이자 소자는 조금 더 빨라지는 마음과 함께 내딛는 발끝에 힘을 주었다.

본당을 들어서던 소자는 깜짝 놀랐다. 맨 뒷자리에 앉아 기도하는 사람의 옆모습이 엘리베이터에서 만난 그였기 때문이다. 소자는 어리둥절한 마음이 되어 늘 앉는 자신의 자리에 앉았다.

향기가 난다. 창문 너머 바로 산이 있는데, 그 산의 나무와 봄꽃들에서 나는 향기가 본당 안에 은은히 스며드는 것이다.

소자가 그를 다시 본 것은 주일예배 때였다. 새벽에 앉았던 그 뒷자리에 앉아 있었다. 소자는 그가 자신이 살고 있는 아파트로 이사 온 건지도 모른다고 생각했다. 소자의 집은 교회까지 걸어서 20여 분 걸렸고, 차로는 금방이었다. 아마 그날 새벽, 그는 무슨 일로 잠깐 집에 올라갔다가 차를 타고 교회에 왔고, 그래서 자신보다 먼저 본당에 도착한 것이라고 소자는 생각했다. 소자는 왠지 낯설지 않은 그와 한 아파트에 산다는 사실에 문득 가슴이 뛰었다. 사치하게 느껴질 만큼 깨끗한 남자의 얼굴이 소자의 마음에 남았다. 남편과 헤어진 후 소자에게 찾아왔던, 결코 채워지지 않을 것 같았던 그 공허함이 어느 순간 아주 조금 메워져 있었다.

예배를 마치고 계단을 내려가는 남자의 뒷모습을 소자는 눈으로 좇았다. 계단을 돌 때 남자의 옆모습이 얼핏 보였다. 깎은 듯 단정한 모습이다. 소자는 다시는 가질 수 없을 것 같았던 사람에 대한 관심에 스스로 놀랐다. 한꺼번에 쏟아지듯 본당에서 나온 사람들로 인해 계단은 복잡했다. 사람들에게 밀려 잠시 계단 끝을 보고 내려오다가 문득 눈을 들자, 그는 어디론가 사라지고 없었다. 소자는 조금 허탈한 마음이 되어 그를 좇던 눈길을 거두고 천천히 문을 나섰다.

"햇빛이 얼마나 좋은지 앉아서 그만 깜박 졸았다."

어머니는 잠깐 졸았다며 아이처럼 수줍게 웃으며 말했다. 고운 얼굴이다. 주름이 자글자글 퍼진 얼굴인데도 여전히 어머니의 얼굴은 참 곱다고 소자는 생각했다. 공무원이셨던 아버지가 사십 후반에 간암으로 돌아가시고, 홀로 세 명의 자식들을 키우며 힘들게 사셨지만 평생 누구하고 크게 말다툼 한번 한 적 없는 어머니였다. 그렇게 마음의 평정을 유지할 수 있었던 것은 아버지가 남긴 어느 정도의 재산이 있어 아주 궁핍하게는 살지 않은 것도 이유가 되겠지만, 신앙 안에서의 삶이 어머니의 고단한 인생을 흘러가는 물처럼 맑고 정결하게 한 것이 더 큰 이유가 될 것이다. 그러나 때때로 숨긴 마음처럼 어머니의 얼굴 위로 떠오르던 깊은 그늘을 소자는 잊을 수 없다. 무엇으로도 그 쓸쓸함을 채울 수 없었으리라. 두 명의 오빠들을 결혼시키고 소자와 둘이 집에 남게 되었을 때, 어머니는 집이 텅 빈 것 같다며 오래 쓸쓸해 하셨다.

"어젯밤에 내가 꿈을 꿨는데 니가 웬 젊은이랑 걸어가는 게 보이데. 둘이 걸어가는 길에 반짝반짝 빛나는 빛들이 둘러싸여 있었어. 세상에 얼마나 아름다운지 깜짝 놀라서 깼다. 너무 신명타."

어머니의 목소리에 전에 없이 생기가 돌았다.

"아, 좋은 꿈이다. 꿈에 빛을 보면 좋은 거래요."

소자는 어머니가 꾼 꿈보다 어머니가 설레는 모습에 모처럼 마음이 밝아졌다.

"내가 죽기 전에 니가 잘 사는 거, 그거 보게 해달라고 하나님께 늘 기도한다."

"그런 기도 하지 마세요. 지금 이대로가 난 좋아."

소자는 조금 퉁명스럽게 말했다. 어머니의 그런 말을 들으면 왠지 자신이 초라해지는 것 같아서 싫다. 애처롭게 소자를 바라보는 어머니의 눈에 눈곱이 끼었다. 소자는 손수건으로 어머니의 눈에 낀 눈곱을 닦아주었다. 세면대까지 혼자 갈 수 없어서 어머니는 세수를 하지 못했다. 요양보호사가 와서 부축해 줄 때까지 기다리는 것이다. 살아오는 동안 남에게 신세를 지거나 아쉬운 소리 하는 것을 끔찍이도 싫어하셨는데, 지금은 남의 도움이 아니면 살 수 없다. 무상한 삶이다.

"소자야, 하나님이 나를 왜 이리 더디 데려가시는지 모르겠다."

　방금까지 생기 있던 목소리는 온데간데없이 어머니는 타령조의 말을 한다. 몸과 마음이 불편하고 미안하다는 말이다. 얼굴조차 마음대로 씻을 수 없는 당신의 처지가 서글프신 것이다. 소자는 어머니의 하얀 머리를 빗으로 빗겨 드렸다. 병원 오시기 전에 염색을 해드렸었는데 그새 머리는 하얗게 희어져버렸다. 소자는 무심히 창밖으로 눈길을 돌렸다. 창밖 너머 보이는 산수유나무에 자디잔 노란 꽃들이 환히 피어있다.

　소자가 어릴 때 어머니는 긴 겨울밤동안 뜨개질을 했었다. 어머니의 손에서 털실은 자식들에게 입힐 스웨터며, 목도리, 장갑 등으로 변신했다. 어머니는 솜씨가 좋았다. 동네 사람들은 삯을 주고 어머니에게 뜨개질을 부탁하기도 했지만, 어머니는 삯을 받고 하는 뜨개질은 사양했다. 삯을 받을 만큼 뜨개질 솜씨가 좋지 않다는 것, 그것이 사양의 이유였다. 어머니는 오직 자식들을 위해서만 밤새워 뜨개질을 했다. 어머니가 떠준 스웨터를 입고 나가면 보는 사람마다 감탄을 쏟아냈다. 스웨터에 쏠리는 아이들의 그 부러운 눈길에 소자는 한껏 어깨가 펴지곤 했었다. 그때 어머니처럼 소자는 잠이 오지 않는 밤이면 뜨개질을 한다. 지금은 어머니께 드릴 삼각 숄을 뜨고 있다. 어머니가 좋아하는 아란 무늬다.

- 아란 무늬 한 코, 한 코는 아란 제도 사람들의 생활, 로망스, 희망 그리고 신에게의 기도가 떠 넣어져 있다. -

한 여성잡지에서 이 아름다운 글을 읽은 적이 있다. 물결을 타 듯 손가락을 쉬지 않고 움직이면서 대바늘로 한 코 한 코 꼬임 뜨기를 해내려 가면, 어느 사이 주르르 모래가 흘러내리는 듯한 아란 무늬가 만들어지는 것이다. 소자는 연두색과 엷은 보라, 밝은 회색 실을 합사하여 도톰하고 따뜻한 느낌의 숄을 짜고 있다. 자은 새의 죽지처럼 손을 대면 금방이라도 비스러질 것 같은 가 냘픈 어머니의 어깨. 어머니가 산책할 때 그 어깨에 두르면 따뜻 할 것이다.

뜨개질을 하다 보면 시간이 얼마나 빨리 흐르는지 모른다. 시간이 속속 뜨개실 속으로 스며들어 한 코, 한 코 뜰 때마다 또 다른 시간을 만들어 내는 것 같다. 4시가 되자 알람이 울린다. 아하, 소자는 길게 기지개를 켜며 오래 숙이고 있던 고개를 뒤로 젖혔다.

다리 위를 비틀거리며 한 남자가 조금 앞서 걸어가고 있었다. 마신 술이 아직 깨지 않았는지 차가운 새벽 공기 속을 움츠린 자세로 몸을 비틀거리며 걸어가고 있다. 소자는 새벽에 다리를 건널 때 거의 홀로일 때가 많았었는데, 술 취한 사람의 뒷모습을 보니 여백의 잘못 찍힌 점처럼 눈에 거슬린다. 소자는 왠지 두려운 마음이 되어 걸음을 천천히 했다. 남자의 한 손은 바지 주머니 속에, 또 한 손은 술병을 쥐고 있다. 술병을 움켜쥔 남자의 손이 위협적으로 보인다. 소자는 조금 더 천천히 걸었다. 그때였다. 비틀거리며 걷던 남자가 느닷없이 뒤돌아서서 소자를 노려보았다. 소자는 깜짝 놀라 얼어붙은 듯 그 자리에 멈춰 섰다. 남자가 한 발짝 쓰윽 앞으로 다가왔다. 술에 취한 남자의 얼굴이 음침하게 일그러졌다. 소자는 한 걸음 뒤로 물러섰다. 전신에 힘이 빠지는 두려움이 느껴졌다. 문득 살의가 가득했던 남편의 눈빛이 떠올랐다. 소자는 순간 뒤돌아서서 있는 힘을 다해 달렸다. 달리는 소자의 뒷모습을 보며 남자가 미친 듯이 웃어댔다. 그러고는 들고 있던 병을 휘파람을 불 듯 다리 아래로 휘익 던져버렸다. 남자는 소자의 모습이 눈에서 사라질 때까지 다리 난간에 기대 서 있다가, 아무 일도 없었다는 듯이 다시 비틀거리며 다리 위를 걸어갔다.

새파랗게 질린 얼굴로 소자가 다리를 지나 정신없이 신호등 앞에 왔을 때, "무슨 일이 있으세요?" 누군가의 목소리가 들려왔다. 소자는 깜짝 놀라며 고개를 들었다. 그였다. 맑은 얼굴. 소자는 그를 보자 너무 반가운 마음과 함께 안도의 한숨을 내쉬었다.

"교회 가시는 길 아니었어요?"

그가 소자의 안색을 살피며 물었다. 소자는 방금까지 온 힘을 다해 달렸던 자신의 모습이 떠오르자 그만 민망해져서 얼굴이 붉어졌다.

"네, 가는 길이었어요."

"그런데 왜?"

소자는 묻는 그에게 조금 전의 일을 솔직하게 말했다.

"큰일 날뻔했는데요. 혼자서 새벽에 다니는 건 위험합니다."

진심 어린 목소리로 그가 말했다. 자신도 모르는 사이에 소자는 그와 함께 나란히 이야기를 나누며 다시 다리 위를 걷고 있었다. 잠이 오지 않는 날 어쩌다 한 번씩 새벽기도회에 나온다는 그와의 동행은, 조금 전까지 두려움에 떨었던 소자의 마음을 평온하게 했다.

"기간제 교사로 중학교에서 근무하게 됐어요. 그래서 이곳 아파트로 이사 오게 됐죠. 학교와 가까워서."

그는 그렇게 말하며 본가는 경주라고 했다. 그리고 계약 기간이 끝나면 다시 경주로 돌아갈 것이라고 했다.

"경주, 참 좋은 곳이지요."

소자의 말에 그가 고개를 끄덕였다.

경주는 소자에게 어느 봄날, 따스한 햇살을 받으며 안압지를 걸었던 기억을 불러일으켰다. 대숲을 스치며 바람이 불었고, 얼굴을 스치는 봄볕이 너무 따스해서 발끝마다 나른한 졸음이 묻어오던.

그와 함께 이야기를 나누며 걷다보니 다리를 지나고, 가로수를 지나 어느새 교회까지 왔다. 소자는 본당 입구에서 그에게 감사하다는 말을 한 뒤 자신의 기도 자리로 갔다.

소자가 주말에 어머니께 드릴 숄을 갖고 병원을 찾아갔을 때, 어머니는 며칠 동안 감기로 얼굴이 몰라보게 초췌해져 있었다. 고열과 기침이 심해서 자칫 급성폐렴이 아닌가, 의사가 걱정했다고 옆 침대의 할머니가 대신 말했다. 어머니의 얼굴을 보자 소자는 마음이 아팠다.

"뭘 좀 드셨어요?"

어머니는 대답 대신 따뜻한 물을 달라고 했다. 기침 때문에 목이 아프다고. 소자는 물을 가지러 복도의 정수기가 있는 곳으로 갔다. 큰 창으로 따스한 햇빛이 가득 비쳐 들어오는 넓은 복도에는 노인들이 긴 소파에 나란히 앉아 TV를 보고 있었다. 시선은 TV를 향해 있지만 노인들의 눈빛은 공허해 보였다. 모두 기다림에 지친 듯한 얼굴이다. 주말인데도 외부 방문객이 거의 없었다. 요양병원에 부모를 맡긴 자식들은 그것으로 자식의 도리는 다했다고 위안하면서, 차츰차츰 부모와 멀어지는 것이다. 노인들의 얼굴에는 하나같이 쓸쓸한 시간의 그늘이 덮여 있었다. 평생 살아왔던 삶의 마지막 머무는 곳이 요양병원인 것이다.

어머니는 따뜻한 물을 마시고나자 조금 기운이 나는지 그냥 앉아 계셨다. 소자는 어머니 어깨를 숄로 감쌌다. 어머니 입가에 희미한 미소가 어렸다. 숄이 초췌해진 어머니의 얼굴에 생기를 준다. 잘 어울린다. 어머니의 어깨 위에서 숄은 빛나는 장식이 되었다.

"따뜻하다 잘 짰네, 니나 하지."

"엄마 뜨개질 솜씨하고는 비교도 안 돼요. 아, 그래도 예쁘다!"

소자의 말에 어머니는 가슴 아래까지 내려온 숄을 손끝으로 만지작거렸다. 그 손끝에서 아련한 기억들이 피어오른다. 아이들을 위해 밤새도록 뜨개질을 했었다. 좌르르 풀어지는 털실을 대바늘로 한 코 한 코 떠내려가면 어느새 스웨터가 되고, 조끼가 되고, 목도리며 장갑이 되어 아이들의 겨울을 따뜻하게 해주었다. 밤을 새면서 뜨개질을 하던 그때 어머니는 행복했었다. 아이들을 위해서 언제나 뜨개질을 할 수 있을 줄 알았는데…. 어머니의 눈가가 젖어들었다. 아들들의 얼굴을 못 본 지 꽤 되었다. 다살 일이 바쁜 것이다. 더구나 둘 다 타지에서 살고 있다. 오지 않아도 괜찮다. 어머니는 아들들이 자신들의 인생을 열심히 살아주는 것만도 고맙다. 아버지가 없어도 엇나가지 않고 반듯하게 자라서 그렇게 결혼하고, 자식 낳고 오순도순 살아가는 것이 그저 감사할 따름이다. 다 하나님의 은혜다. 소자만 다시 무난하게 산다면 더 바랄 것이 없다.

"엄마, 감기 다 나으면 숄 두르고 산책 가요."

소자는 어머니의 손톱을 꼭꼭 눌러주면서 말했다. 뼈마디가 드러난 손가락이 앙상하다.

"그래, 봄꽃 다 지겠다."

어머니는 창밖으로 보이는 정원에 시선을 준다. 목련이 지고 있다. 지는 꽃은 다 서글프지만 목련이 질 때 유독 더 서글프다.

"아이구 우리 할매 새색시 같네."

산책 갔다가 돌아온 할머니들이 어머니의 숄을 보고 감탄했다. 어머니의 입가에 희미한 미소가 번졌다.

"소자야, 할머니들 짜장면 시켜드려라. 얼마나 고맙고 미안한
지…."

어머니의 말에 할머니들이 괜찮다고 손사래를 쳤지만 소자는
짜장면을 시켰다. 병원에서만 생활하는 할머니들에게 짜장면은
별미다. 모두들 좋아한다는 것을 안다. 어머니는 영 드시지 않
지만 할머니들을 위해서 짜장면을 시키곤 했다. 오빠들이 가끔 어
머니에게 보내주는 용돈을 어머니는 그렇게 썼다. 할머니들이
맛있게 먹는 모습을 보는 것만도 어머니는 좋다고 하시면서. 자
리에서 혼자 일어나지 못하는 어머니를 그들은 기꺼이 돌봐 주
었다. 어머니 몸의 한 지체처럼 그들은 어머니와 함께 했다. 어
머니는 그런 그들에게 늘 고맙고 미안하다. 언젠가부터 고맙고
미안하다는 말이 입 끝에 달려버렸다.

어머니가 자지러지게 기침을 한다. 지난밤보다는 많이 가라앉
았다고는 하지만 기침이 심했다. 소자는 어머니를 자리에 눕혔
다. 어머니는 추운지 이불을 목까지 끌어당겼다. 소자는 어머니
의 이마를 짚어보았다. 아주 뜨겁다. 밤늦게까지 고열과 심한 기
침으로 어머니는 몹시 힘들어하셨다. 새벽이 되어서야 주사약에
취한 듯 어머니는 겨우 잠드셨다. 그런 어머니를 안타깝게 지켜

보다가 소자는 무거운 발걸음으로 집에 돌아왔다.

　소자는 출근하는 차 안에서 병원의 간호사로부터 연락을 받았
다. 어머니의 감기가 결국 급성폐렴까지 가서 많이 위독하다는
것이다. 소자는 행정실장에게 전화로 사정을 이야기 한 뒤, 차의
방향을 바꿔 시외에 있는 병원으로 달렸다. 급성폐렴은 결코 사
소한 병이 아니다. 몸도 마음도 다 면역력이 떨어진 연약한 노인
들에게는 치명적일 수도 있다. 밤새 호흡곤란으로 심한 고통을
겪었다고 했다. 병실에는 할머니 한 분만이 안쓰러운 얼굴을 하
고서 어머니 곁에 있다가 소자를 보자 반갑게 맞아주었다. 창으
로 봄빛이 환하게 비쳐들었다.

　어머니는 며칠 사이 뼈만 남은 앙상한 얼굴을 하고서 다가오
는 소자를 바라보았다. 어머니의 눈에 눈물이 핑 돌았다. 깨끗하
게 살다가 하나님 부르시면 천국에 가고 싶다고 그토록 간절히
원했었는데, 어느 순간 어머니는 생명의 애착을 모두 놓아버렸
다. 소자를 보고서도 한마디 말도 못하고 내내 가쁜 한숨만 내쉬
었다. 입술이 타들어가듯 보랏빛이다. 한 숨 한 숨이 힘겹다.

　소자는 그만 마음이 쿵 내려앉는 것 같다. 어머니가 힘들 때면
읊조리곤 하는, '하나님이 왜 이리 더디 나를 데려가시니 모르겠

다.' 던 그 타령소리를 듣고 싶다. 그 소리엔 그래도 삶의 애착이 묻어있기 때문이다. 아무 말도 하지 않는 어머니는 죽음에 대한 두려움을 느끼게 했다.

담당 의사의 권유대로 어머니를 일반병원 중환자실로 옮겼다. 그리고 얼마 후에 어머니는 폐렴에서 패혈증으로 이어지는 고통 가운데 돌아가셨다. 늦은 시간, 면회를 허락 받은 소자가 호흡곤란으로 고통스러워하던 어머니의 손을 꼭 잡고 기도하던 그 잠깐 사이였다. 소자는 믿기지 않았다. 온 천지에 서로 다투어 피었다가 어느 한순간 거짓말처럼 스르르 지고 마는 봄꽃들처럼 사람의 생명이 그토록 쉽게 진다는 것이.

'하나님이 왜 이리 더디 나를 데려가시나 모르겠다.'

타령하시던 어머니의 그 목소리를 다시 듣고 싶다. 어머니가 너무 그립다.

오빠들은 장례식이 끝나자마자 어머니 명의의 작은 아파트를 처분해서 똑같이 나누자고 했다. 어머니가 병원에 계실 동안 몇 번 찾아오지도 않았던 오빠들의 그런 성급한 결정에 소자는 섭섭했지만 그러자고 했다. 집을 처분하면 소자는 당장 갈 곳이 없다. 그러나 오빠들에게 그런 아쉬운 소리는 하고 싶지 않다. 그 집은 어머니의 집이었으니까. 소자가 남편과 헤어지고 갈 곳 없어 헤매며 쓸쓸하던 그때, 어머니의 집은 따뜻한 피난처였었다. 어머니와 함께할 수 있었던 것만도 감사한 일이었다.

어머니의 집이 팔렸다고 큰오빠한테서 전화가 온 것은, 장례식을 치른 지 두 달 만이었다. 2주 이내로 집을 비워줘야 한다는 전화 속 오빠의 목소리는 아주 무정하고 단호했다. 퇴근하고 막 집으로 돌아와 옷을 벗다 전화를 받은 소자는, 가슴속에 뭔가 꽉 차 올라 저녁도 먹지 않은 채 한참을 그대로 앉아 있었다. 그러다가 천천히 일어나 장롱 속의 오래된 철 지난 옷들을 다 끄집어냈다. 소자는 옷들을 차곡차곡 빈 상자에 담기 시작했다. 마음이 상하거나 복잡하게 얽힐 때 옷을 정리하는 건 소자의 오래된 습관이다. 그렇게 철이 지나거나 못 입는 옷을 추려내다 보면 마음속의 헛된 생각들도 따라 추려져서 한결 가벼워지는 것이다. 오래 입어 보푸라기가 인 낡은 스웨터를 버리려다가 소자는 손톱 끝으로 살짝 매듭진 실을 풀었다. 가만히 당겨본다. 끝도 없이 줄줄 실들이 풀려나온다. 그것을 바라보던 소자의 눈에서 와락 눈물이 쏟아졌다.

다리를 건넌다. 아직 푸르른 새벽빛이 차갑다.

소자는 문득 이 새벽의 시간이 있어서 그다지 외롭지 않았다는 생각이 들었다. 이제 2주 후면 집을 비워주고 다른 곳으로 이사를 해야 한다. 그렇게 되면 더 이상 이 다리를 건너지 않아도 될 것이다. 소자는 걸음을 멈추고 다리 아래를 내려다보았다. 물결 위로 강변의 집들이 흔들리며 어린다. 저 흔들리는 집들. 소자의 마음속에 찬바람이 인다. 이 세상을 사는 동안 딱 한 번이라도 흔들리지 않는 견고한 집을 가질 수 있다면. 그렇게 흔들리는 물속의 집들을 무심히 내려다보다가 소자는 누군가 다가서는 기척에 깜짝 놀라 옆을 보았다. 아! 맑은 얼굴. 그가 서 있었다. 소자는 반가운 마음에 손을 내밀 뻔했다. 몇 주 전, 교회 계단에서 그의 모습을 놓치고 나서 처음으로 본다. 그가 미소 짓고 있었다. 잘 지내셨어요? 묻는 그에게 소자는 어머니가 돌아가셨다고 말하려다 그만 두었다. 소자는 난간에서 몸을 돌려 그와 함께 걸었다. 그는 말없이 걷는 소자의 옆모습을 보았다. 얼굴이 전보다 많이 상한 것 같아 '어디가 아픈 건가.' 하고 생각했다.

소자와 함께 걷는 그의 머릿속에 아무도 없는 새벽의 다리 위를 혼자 걸어가던 소자의 모습이 떠올랐다. 뚜벅뚜벅 새벽의 어둠 속을 태연하게 걸어가던 그 모습이 마음에 남았다. 오래전부터 그녀를 알고 있었던 것 같은 친밀함. 그는 조금씩 그녀의 마음에 가닿고 싶은 자신을 느낀다.

어느새 다리를 지나고 은행나무 사잇길에 들어섰다.

"아, 우리 아직 이름도 모르죠? 전 민요셉입니다. 어릴 때는 성경에서 따온 이 이름 참 싫었어요. 지금은 아무렇지도 않지만."

소자는 그가 '요셉'이라고 말할 때 요셉이라는 이름이 그에게 너무 잘 어울려서 결코 잊히지 않을 거라는 생각이 들었다. 그가 소자에게 이름이 뭐냐고 조심스레 물었다. 소자는 조금 머뭇거리다 말했다.

"어릴 때 할아버지께서 그저 아무렇게나 부른 이름을 그대로 쓴 건데, 한소자예요."

"소자, 참 예쁜 이름인데요."

그렇게 말하는 그의 목소리에 따뜻함이 묻어났다. 처음 듣는 말이다. 한 번도 자신의 이름이 예쁜 이름이라고 생각한 적이 없었다. 남들에게 이름을 얘기할 때면 선뜻 말하지 못하고 좀 머뭇거리다 말할 정도로 이름에 자신이 없었다. 개똥이, 칠성이, 유월이, 삼월이 같은 존재감 없는 이름 중 하나가 소자였다. 그녀는 이따금 그런 이름을 지어준 할아버지가 원망스러울 정도였다.

"이름 뜻이?"

"작은 자, 뭐 그런 뜻이죠."

"예수님이 좋아하실 이름인데요."

"네?"

"예수님은 어린아이를 사랑하셨고, 어린아이처럼 되지 않으면 결코 천국에 갈 수 없다고 복음서에서 말씀하셨죠."

웃으면서 말하는 그의 나직한 목소리가 아주 아득한 곳에서 울려 온 것 같은 느낌 때문에 소자는 문득 옆을 보았다. 그가 나란히 걷고 있었다. 그럼에도 불구하고 소자는 그의 실재를 확인하고 싶었다. 그와 함께하는 이 순간이 마치 금방이라도 사라질 그림자처럼 느껴졌기 때문이다. 살며시 손을 뻗어서 그를 느끼고 싶다. 어머니가 돌아가시고 나서 마음을 꽉 채우고 있었던 깊은 고독이 처음으로 따뜻한 무언가에 의해 천천히 녹아내리는 것을 소자는 느꼈다.

계단을 올라 그와 함께 본당 안을 들어서는 소자의 내면 가득 어머니의 꿈속에서처럼 찬란한 빛들이 아름답게 빛났다.

별이 있다

가로등 불빛을 받으며 짙은 녹색의 잎 위에 피
를 뿜어내듯 진홍빛으로 피어있는 샐비어 꽃은
왠지 무섭고, 섬뜩했다.

"바지 좀 끄집어내요."

현관문을 나서는 철수의 오른쪽 운동화 뒤축 안으로 바지가 보기 싫게 삐죽 들어가 있었다. 인애는 현관 문 앞에 서서 옆집 사람이 들을까 봐 목소리를 낮추어 귓속말을 하듯 남편 철수에게 말했다.

"그래?"

철수는 조금 모자란 아이처럼 웃으며 허리를 굽혀 바지를 끄집어내고는 계단을 내려갔다. 인애는 계단을 내려가는 철수의 뒷모습을 물끄러미 보고 있었다. 무릎 부분이 툭 튀어나온 바지가 낡아 보인다. 인애는 오늘 철수의 바지를 하나 사야겠다고 생각했다.

엘리베이터는 23층에서 아래로 내려가고 있었다. '올라오는데 시간이 좀 걸리겠다.' 생각하면서 철수는 내려감 버튼을 눌렀다. 철수는 아파트 25층 맨 꼭대기에 산다. 가끔씩 하늘의 뭉게구름 위에 둥실 떠 있는 듯한 어지러움을 느낄 때도 있지만, 하늘과 좀 더 가까이 닿아있는 것 같아서 철수는 높은 곳이 좋다. 철수는 잠시 계단 쪽으로 눈길을 주었다. 들어가라고 손짓을 보냈는데도 인애는 그대로 서 있다. 풍선처럼 부푼 배 위에다 두 손을 가지런히 모으고 서 있는 임신 8개월째인 인애. 인애는 바가지 뒤집어 쓴 것처럼 짧게 자른 머리카락 때문에 도무지 나이를 알아챌 수 없는 얼굴이 되었다. 임신으로 부푼 배가 아니라면, 언제나 데리고 다니는 네 살배기 우주가 옆에 없다면, 아무도 인애가 결혼한 여자라고 생각하지 않을 것이다.

결혼하기 전, 인애는 지금 철수가 다니는 회사 사무실에서 총무 일을 보았다. 일도 깔끔하게 잘 처리했지만 무엇보다 긴 생머리를 귀 뒤로 살짝 넘기고, 아이처럼 통통한 볼에 웃을 때마다 살짝 보조개가 들어가는, 해맑고 소탈한 모습이 참 인상적인 아가씨였다. 자꾸 보다보면 저절로 담뿍 정이 들게 되는 그런 얼굴이었다. 어린 시절을 시골에서 자란 철수는 인애를 보는 순간 마치 옛 동무를 만난 듯한 친밀감 때문에 한눈에 좋아하게 되었고,

철수는 오랜 구애 끝에 인애와 결혼했다.

철수는 지금 인애의 머리카락이 좀 길었으면 하고 바라지만 인애에게 그런 말을 하지 않는다. 인애의 생각을 존중하기 때문이다. 철수가 그런 생각을 하는 동안 엘리베이터가 올라와 멈췄고, 철수는 현관 앞에 그대로 서 있는 인애에게 싱긋 웃으며 한번 슬쩍 손을 흔들어주고는 엘리베이터를 탔다. 인애는 철수가 엘리베이터를 타는 것을 본 후에야 집 안으로 들어갔다.

철수는 관리실 앞에 있는 자전거 보관대에 세워둔 자전거를 꺼냈다. 그 흔한 자동차가 철수에게는 없다. 자동차를 살 여유가 철수에게는 없기 때문이다. 주택의 한 칸짜리 전세방에서 시작한 신혼살림을 아파트 전세로 옮겨오기 위해 알뜰살뜰 절약하고, 저축하느라 자동차를 살 생각은 아예 할 수 없었다. 그 결과 몇 년 후에 인애가 그토록 바라던 살기 좋은 아파트로 전세를 옮길 수 있었다. 인애는 거실이 있고, 목욕탕이 있고, 우주의 방이 있는 아파트로 전세를 옮기는 날, 너무 행복해했었다. 철수도 그런 인애를 보면서 남편으로서 뿌듯함을 느꼈다. 인애의 행복은 곧 철수의 행복이었다.

철수는 여름이나 겨울이나 한결같이 자전거를 타고 출퇴근을 했다. 회사에서 통근 버스를 운행하지만 시간을 맞춰 타야 하는 번거로움이 싫어서, 비가 오거나 눈이 많이 내리거나 하지 않으면 거의 자전거를 이용했다. 그게 편했다. 처서가 다가오자 그토록 맹렬하던 여름의 열기도 한풀 꺾이고, 시원한 바람이 불어와 자전거를 타기에 좋았다. 그래서 요즘 철수는 행복했다.

가로수의 나뭇잎들이 바람에 즐겁게 흔들리는 풍경 속으로 철수는 자전거를 타고 신나게 달려 나갔다. 아침의 태양이 철수의 얼굴을 환히 비쳤다. 바람을 느끼고, 뜨거운 태양의 빛을 느끼고, 아침마다 쏟아져 나오는 거리의 사람들을 보는 일은 하루의 시작을 얼마나 생동감으로 넘치게 하는지…. 철수의 입에서 즐거운 휘파람이 저절로 흘러나왔다. 초등학교 때, 운동회가 열리면 운동장에 가득 울려 퍼지던 신나는 행진곡들을 철수는 어른이 된 지금도 기억하고 있었고, 자전거를 탈 때면 휘파람이 되어 늘 새어나왔다.

수많은 차들이 매연을 뿜어내며 쌩쌩 달리는 검은 아스팔트 옆 자전거 전용도로로 철수의 자전거는 씽씽 달려 나갔다. 철수가 일하는 회사는 자전거로 40분 정도 걸리는 공단 안에 있었다. 40분 정도를 달려서 회사에 도착하면 어느새 등이 땀에 촉촉이 젖어 있었다.

우주는 아직도 자고 있다. 밤늦게까지 인애에게 책을 읽어 달라며 떼를 쓰는 바람에 인애는 동화책을 되풀이해서 읽어 주었고, 책 읽는 소리를 들으면서 우주는 잠이 들었었다. 우주는 우주만큼 큰 꿈을 갖고 살라고 철수가 지어준 이름이다. 인애는 우주라는 이름이 마음에 들었다. '우주' 하고 부를 때면 자신이 광대한 우주 속을 떠다니는 행성이라도 된 것 같은 생각이 들었고, 그래서 기분이 좋아졌다. 우주는 우주만큼 얼굴이 크고 총명하게 생겼다. 네 살인데도 글자를 또박또박 잘 읽어서 인애는 혹시 우주가 천재가 아닐까, 상상하곤 했다. 또래보다 말도 잘했다.

"엄마, 지구는 우주에 있는 별이잖아. 그럼 나도 우주니까 내 속에도 별이 들어 있겠네."

우주가 그렇게 말을 할 때면 인애는 그렇게 또박또박 말 하는 우주의 입술이 너무 귀여워 품에 꼭 안아 주었다. 그러면 우주는 신이 나서 아빠가 접어준 종이비행기를 씽씽 날렸다.

인애는 우주가 깨면 함께 동화책을 빌리러 구립도서관에 가야겠다고 생각했다. 일주일에 세 권을 빌릴 수 있는데 우주를 위해 두 권, 자신을 위해 한 권을 빌렸다. 책을 사 보는 것도 인애에게는 여유가 없다. 돈을 모아서 어서 전셋집에서 내 집을 마련해야겠다고 생각하고 있기 때문이다. 집값이 자꾸 올라 언제쯤 집을 장만할 수 있을지는 모르겠지만 그래도 그런 기대를 갖고 사는 것이 인애를 행복하게 했다.

"아기야, 기다려. 세상에 나오려면 조금 더 기다려야 해."

인애는 배가 조금 당기는 것 같아서 그렇게 혼잣말을 하며 두 손으로 둥글게 배를 쓰다듬었다. 인애는 이제 곧 태어날 아기를 위해서 준비해야 할 것도 많지만 웬만한 것들은 우주가 쓰던 것을 그대로 물려 쓸 생각이다. 우주가 쓰던 물건들은 첫아이라고 선물로 들어온 것이 대부분이어서 품질은 다 좋은 것이었고, 물려 써도 괜찮은 것들이었다. 인애는 출산 준비물을 따로 사지 않아도 된다고 생각하니 한결 마음이 느긋해졌다. 인애는 배를 안다시피 하면서 식탁을 치우러 주방으로 갔다. 김, 김치, 된장찌개, 계란말이, 풋고추 몇 개, 먹다 남은 포도송이, 늘 먹는 음식들이 빈 그릇들과 함께 식탁 위에 그대로 놓여 있다. 인애는 손으로 포도 한 알을 똑 떼어서 입안에 넣었다. 새콤달콤한 맛이 입안에 금방 침이 고이게 했다. 인애는 또 한 알의 포도를 떼어 입안에 넣고는 설거지를 하기 위해 앞치마를 둘렀다. 그리고 식탁 위에 놓인 라디오를 켰다.

Starry, Starry night

Paint your palette blue and gray

Look out on a summer's day

With eyes that know the darkness in my soul…

'빈센트' 가 흘러나오고 있었다. 노래를 듣는 순간 너무 반가워 저절로 입 안에서 곡조가 흥얼거려졌다. 오래 잊고 있었던 지난 시간 속으로 잠시 인애의 마음은 잠겨들었다. 참으로 오랜만에 듣는 노래다. 이십 대 초반에 빈센트를 처음 들었을 때, 그 곡조가 주는 느낌이 너무 좋아 녹음을 해서 듣고, 또 듣고를 수없이 반복하면서 익혔던 기억이 새삼스러웠다. 곡조를 흥얼거리는 인애의 손길을 따라 달그락달그락 그릇들이 서로 부딪치면서 경쾌한 소리를 냈다. 노래가 끝나자 '돈 맥클린의 빈센트였습니다.' 하는 진행자의 목소리가 따라 나왔다. 아침부터 위대한 화가를 기리는 노래를 들어서 그런지 인애는 무슨 예술의 전당에라도 온 것 같은 흐뭇한 기분이 들었다. 노래가 끝났는데도 계속 노래의 첫 구절이 입 안에서 맴돌았다.

인애는 설거지를 금방 끝내고 우주에게 먹일 두부를 삶았다. 두부에 간장을 찍어서 먹는 것을 우주는 가장 좋아했다. 가스레인지 위의 냄비에 물이 보글보글 끓었다. 인애는 반모로 자른 두부를 살짝 집어넣었다. 하얀 두부의 몸통이 조금 부푸는 것을 보고 인애는 주걱으로 금방 건져냈다. 오래 삶을 필요가 없다. 도마 위에 건져낸 두부를 깍두기처럼 작은 토막이 나게 자른 후 접시에 담았다. 두부를 찍어 먹을 수 있도록 작은 종지에 진간장을 조금 따르고, 참기름을 몇 방울 떨어뜨렸다. 고소한 냄새가 금방 코끝에 확 퍼졌다. 인애는 밥솥을 열어 김이 모락모락 나는 밥을 우주의 작은 밥그릇에 푸고, 참기름을 발라 직접 구운 한 입에 넣을 수 있도록 작게 자른 김과 매운 맛을 조금 제거하기 위해 생수에 살짝 씻은 김치, 계란말이 조금, 포도 몇 알, 우유 한 잔을 식탁에 올리자 우주만을 위한 아침 식사 준비는 끝이 났다.

인애는 일찍 출근하는 남편을 위한 식탁과 우주를 위한 식탁, 그렇게 아침 식탁을 두 번 준비했다. 라디오에서 유쾌한 팝송이 흘러나오고 있었다. 인애는 팝송을 듣자 저절로 몸이 흔들흔들했다. 뱃속의 아이가 춤을 추나? 인애는 그런 생각을 하는 자신이 우스워져서 혼자 웃었다.

"엄마, 우주 일어났어."

우주의 목소리에 인애가 뒤돌아보았다. 방에서 우주가 눈을 비비며 걸어 나왔다.

"우주, 일어났어? 자, 어서 와서 밥 먹자."

인애는 앞치마를 벗어 제자리에 걸고 우주가 앉을 수 있도록 의자를 당겨 주었다. 우주에게 의자는 너무 크지만 우주는 기어코 식탁에 앉아서 밥을 먹고 싶어 했다. 언제 시간을 내어 가구점에 가서 우주만을 위한 작은 식탁용 의자를 하나 사야겠다고 인애는 생각했다. 우주는 식탁에 좋아하는 두부가 놓여있는 것을 보고 두 손으로 박수를 치면서 좋아했다.

"두부가 난 좋아. 엄마도 두부 좋아?"

"그래, 엄마도 두부 좋아해."

우주는 두 눈을 감고, 교회 유치부에서 배운 대로 두 손을 모아 "하나님, 날마다 우리에게 맛있는 음식을 주셔서 감사해요." 기도를 한 후에 포크로 두부를 콕 찍어서 간장을 묻혀 한 입 가득 넣어 오물거렸다. 우주의 입 안에서 두부는 으깨지고 부서져 꿀컥 삼켜졌다. 인애는 밥을 먹는 우주의 얼굴을 보기만 해도 행복했다.

"엄마는 왜 안 먹어?"

밥을 먹다가 갑자기 생각난 듯이 우주가 물었다.

"으응, 엄만 아까 우주가 잘 때 아빠랑 함께 먹었어. 아빠 혼자 먹으면 심심하잖아."

"그럼, 난 혼자 먹는데 안 심심해?"

우주가 눈을 동그랗게 뜨고 엄마 얼굴을 바라보았다.

"넌 두부랑, 김이랑, 김치랑 이야기하면서 먹잖아. 그러니 혼자 먹어도 하나도 안 심심하지. 안 그래?"

"맞아. 난 김이랑 김치랑 두부랑 이야기 하면서 먹어. 다 내 친구들이야. 맛있는 반찬 친구. 아, 계란말이도 있었네! 히히"

인애는 그렇게 말하는 우주의 볼을 손가락으로 살짝 두드렸다. 우주가 간지럽다고 웃었다. 우주는 다시 두부를 포크로 콕 찍어서 입 안에 넣어 오물거렸다. 인애는 우주가 두부를 좋아하는 것이 좋다. 값싸고 영양가 높고, 요리하기 쉽고, 무엇 하나 나무랄 데 없는 완전식품이 두부라고 인애는 생각했다. 그 대신 아무리 값이 싸도 유전자를 조작한 수입산 콩으로 만든 두부는 절대 사지 않았다. 더 비싸더라도 우주를 위해서 국산 콩으로 만든 순수한 우리 두부만을 샀다. 우주가 두부를 이토록 좋아하는 건 우리 콩으로 만든, 그래서 우리 입에 딱 맞는 부드럽고 고소한 맛 때문이라고 인애는 생각했다.

"두부는 너무 고소해. 김치는 조금 맵고, 김은 입술에 붙어서 조금 싫지만 맛있어."

우주는 종알거리며 밥 한 그릇을 맛있게 다 먹었다. 인애는 그런 우주를 보면서 우주만큼 행복했다.

철수는 기계를 제작하는 중소업체의 설계팀에서 일을 한다. 다림질이 잘 된 작업복을 입고 책상 앞에 앉아 있는 철수는, 자전거를 타고 달릴 때의 철수가 아닌 다른 사람처럼 진지해 보인다. 제품을 설계하는 일은 흥미롭지만 머리가 아픈 일이기도 했다. 컴퓨터로 세밀하게 도면을 그리거나 그것을 해석하는 일은 아주 치밀한 작업이어서 오랜 시간 일에 집중하다 보면 머리가 아프기도 하고, 때때로 온몸이 뻐근하게 굳어지는 것 같아 작업 틈틈이 목과 팔 운동을 해야 했다. 철수는 사무실에서 말단에 속하지만 성실하게 일했고 내년쯤에는 대리가 되지 않을까, 기대하고 있었다. 천성이 명랑하고 선량한 철수는 어디를 가든지 사람들에게 산소를 뿜어내듯이 시원시원해서, 처음 철수를 보는 사람들이 마르고 예민해 보이는 얼굴만 보고 성격이 소심하지 않을까 생각하다가도 한번 대화를 나누고 나면 금방 아, 참 서글서글한 사람이구나, 생각하게 된다.

"이 주임, 오늘 저녁에 사장님이 회식하자고 하네. 신제품 개발 축하 겸해서."

컴퓨터에서 눈을 뗀 옆자리의 김 대리가 두 팔을 죽 펴고 기지개를 켠 뒤 갑자기 생각난 듯 불쑥 철수에게 말을 던졌다.

"이번 제품은 사장님 마음에 든 모양이군요."

철수는 새로 개발한 기계를 머리에 떠올리며 말했다. 기존의 기계보다 훨씬 안전하고 일의 능률성도 좋았다. 제작하자마자 여러 곳에서 주문이 들어온다면서 김 대리는 자랑스럽게 목소리를 높였다. 기존의 기계는 가끔 일하는 사람들이 딴 생각을 하거나 한눈파는 사이 순식간에 사고가 나서 어처구니없는 장애를 입게 되는 경우도 있었지만, 이번에 새로 개발한 기계는 안전도 면에서는 기존의 것과 비교할 수 없을 만큼 우수했다. 사장은 그것을 무척 자랑스러워했다.

"오늘 저녁 시간, 확실하게 비워놓고!"

김 대리는 다시 한번 강조한 뒤 자신의 컴퓨터로 얼굴을 돌렸다.

철수는 회식을 할 때마다 술 때문에 곤혹스러웠다. 오늘도 그 때문에 곤욕을 치르지 않을까 미리부터 걱정이 되었다.

인애는 우주와 함께 아침에 계획했던 대로 도서관에 가려고 아파트를 나섰다. 우주는 멜빵바지를 입고 제일 좋아하는 뽀로로가 그려진 모자를 쓰고, 호빵 모양의 둥근 가방을 멨다. 가방 속에는 유기농 과자 한 봉지, 요구르트 하나가 간식으로 들어 있다. "노는 게 난 좋아 친구들 모여라…" 우주는 인애 손을 잡고 가면서 길거리에서 크게 만화영화 뽀로로를 노래 불렀다. 종소리처럼 찰랑찰랑한 귀여운 목소리에 지나가던 아저씨가 고것참! 하면서 미소를 머금고 우주의 머리를 한 번 쓰다듬어 주었다. 우주는 신이 나서 더 크게 노래를 불러댔다.

"우주야, 길 가면서 그렇게 큰 소리로 노래 부르면 안 돼."

인애는 우주에게 타이르듯이, 그러나 귀여운 것을 애써 참으며 말했다.

"왜 안 돼?"

우주가 눈을 동그랗게 뜨고 물었다.

"사람들은 내가 노래 부르면 다 좋아하는데."

"우주 너 노랫소리를 사람들이 다 좋아하는 건 아니야. 어떤 사람들은 시끄럽다고 싫어하기도 하거든."

"그럼, 새가 노래하는 것을 싫어하는 사람들도 있어?"

"그건 모르겠어. 새가 노래하는 것을 싫어하는 사람들은 아마 없을 거야."

"내가 새라면 좋겠다. 그럼 신나게 부를 텐데…. 난 뽀로로가 좋아."

우주는 사람들에게 잘 안 들리도록 입술을 작게 오므리고 뽀로로를 다시 부르기 시작했다. 인애는 그런 우주가 사랑스러웠다. 도서관은 버스를 타고, 20분 정도 소요되는 거리에 있었다. 인애는 우주의 손을 잡고 버스정류장 앞에 서서 버스를 기다렸다. 가로수의 새들이 즐겁게 지저귀며 날아다니고 있었다. 우주의 반짝이는 눈빛이 나무 위의 새들을 따라다녔다.

'엄마, 저기 버스 와!"

저쯤 버스가 길모퉁이를 돌아서 오고 있었다. 우주가 손뼉을 치며 좋아했다. 우주는 버스 타는 것을 정말 좋아했다. 인애는 우주의 작은 손을 꼭 잡았다.

도서관엔 방학이라 엄마와 함께 온 초등학생들이 많았다. 도서관에 아이들이 많은 것을 보자 봄날, 새싹들이 쑥쑥 자라는 것을 볼 때처럼 인애는 푸르른 즐거움이 느껴졌다. 인애는 우주의 손을 잡고 유아들을 위한 방으로 들어갔다. 우주 또래의 아이들이 작은 원탁에 둘러앉아 그림책을 보거나 카펫이 깔린 바닥에 앉아 나무 퍼즐을 맞추거나 블록 쌓기를 하면서 놀고 있었다. 우주는 또래 아이들을 보자 엄마의 손을 놓고 아이들에게로 쪼르르 달려갔다. 우주는 아이들과 금방 친해졌다. 우주의 얼굴에 즐거운 웃음이 가득했다. 인애는 내년에는 우주를 어린이집에 보내야겠다고 생각했다. 인애는 우주가 친구들과 놀 수 있도록 놔

두고 우주에게 읽힐 책들을 고르기 위해 책장 앞으로 갔다. 우주가 요즘 흥미를 많이 느끼는 공룡에 관한 책을 찾아서 보고 있는데 누군가 뒤에서 어깨를 탁 쳤다. 깜짝 놀라서 뒤돌아보니 여고 때 동창이었다.

"넌 진짜 얼굴이 하나도 안 변했다."

동창은 놀라운 듯이 눈을 동그랗게 뜨고 인애를 바라보았다. 조금 부은 듯한 얼굴에 입술만 새빨갛게 칠한 동창의 얼굴은 기이하게 보였다.

"아, 정말 오랜 만이다!"

"출산 예정일은 언젠데? 배가 많이 부르네."

"으응, 10월이야."

"가을이구나. 계절이 좋은데."

그렇게 말하며 동창은 인애의 배를 슬쩍 내려다보았다. 인애는 그렇게 불룩한 배를 쳐다보는 사람들의 눈길을 한 번씩 느낄때마다 불쾌했다. 그런 눈빛에는 동물적인 호기심이 번득이기 때문이다. 인애는 원탁에 앉아서 이야기 하자며 동창의 손을 이끌었다. 동창은 잠깐만! 하더니 인애의 손을 놓고 밖으로 나갔다. 인애는 자리에 앉아서 동창을 기다렸다. 여고 때, 마주치면 눈인사 정도 하던 사이였다. 학교 복도에서 아이들과 이울려 큰 목소리로 떠들면서 웃곤 하던 동창의 모습이 언뜻 떠올랐다. 학교를 졸업하고는 완전히 잊고 살았었다. 동창이 먼저 인애를 알은체하지 않았다면 인애는 길에서 마주쳤다 하더라도 모르고 그냥 스쳐 지났을지도 모른다.

'노는 게 난 좋아, 친구들 모여라' 한쪽에서 노래를 부르는 아이들의 목소리 속에 우주의 목소리가 섞여서 들려왔다. 인애는 우주가 있는 곳으로 눈길을 돌렸다. 우주는 아이들과 함께 나무 블록으로 만들기를 하고 있었다. 아이들은 금세 친해져서 그렇게 친구가 되어 있었다.

동창은 손수건으로 얼굴의 땀을 닦으며 '미인은 석류를 좋아해' 주스 두 병을 들고 나타났다. 매점에서 사 갖고 온 모양이다. 목이 아주 길고 눈이 매혹적으로 생긴 상표 속의 미인이 웃고 있었다. 동창은 아마 자기와는 완전히 다른 모습을 한 그림 속의 미인을 좋아하는 지도 모르겠다, 인애는 문득 그런 생각이 들었다. 사람은 자신이 가지지 못한 것을 질투하면서 동시에 동경하기 마련이니까.

"책 빌리러 온 거니?"

동창이 건네준 주스를 마시면서 인애가 물었다.

"아니, 그냥 놀러 왔어. 집이 이 근처야. 여름 다 끝나 가는데 뒤늦게 어린이집이 수리한다고 일주일 방학이야. 애랑 집에 있으니 답답하고, 그래서 놀이삼아 도서관엘 온 거지. 애하고 노는 것도 정말 지겨워. 저기 저 파란 줄무늬 입은 애가 내 아들이야."

동창은 한 손으로 우주와 함께 놀고 있는 자신과 닮은 통통한 아들을 가리키면서 또 한 손으로는 정말 지겹다는 표정으로 주스를 마셨다. 입술에 붉은 주스 물이 묻었다. 립스틱의 빨간 색이 물이 묻어 번들거렸다. 인애는 동창의 권태로워 보이는 얼굴 가운데 입술만이 빠르게 살아서 움직이는 것이 이상하게 보였다.

"너, 그 바가지 머리 남편이 좋아하니?"

동창은 갑자기 생각난 듯 인애의 머리를 보며 말했다.

동창의 권태로움이 인애로 인해 자유를 얻은 듯 동창의 모든 관심이 인애에게 쏠리기 시작했다. 인애는 그런 동창이 점점 부담스러워졌다. 오랜 시간이 지나서 우연히 만난 동창은 마치 어제 만나고 오늘 다시 만난 친구처럼 편하게 굴고 있잖다.

"모르겠어."

인애는 철수의 조금 낡아 보이던 바지를 생각하며 건성으로 대답했다.

"내가 임신했을 때 너처럼 바가지 머리에다 몸이 20킬로가 불어서 아주 뚱뚱했거든. 내가 원래는 날씬한 편이었잖아. 남편의 구박이 심했어, 보기 싫다고. 그러더니 회사 여직원이랑 바람이 났어."

동창은 묻지도 않은 자신의 일을 남의 얘기 하듯이 술술 풀어 냈다. 인애는 그만 듣고 싶었다. 그런 이야기는 뱃속의 태아에게 좋지 않을 거라는 생각이 들었다. 인애는 태아의 귀를 막아주기 라도 하듯 배를 두 손으로 감쌌다. 그러나 동창은 거침없이 다시 말들을 쏟아냈다.

"바람이 그냥 지나가는 바람이 아니더라고. 둘 사이를 떼어놓 느라 내가 얼마나 난리를 쳤는지 몰라. 자존심 따위 다 내팽개치 고…. 나중엔 내가 너무 가련하고 억울해서 죽을까 생각도 했었 어."

동창의 공허하게 큰 눈에 눈물이 어렸다. 동창이 자신의 과거 사를 말하는 순간, 통통하고 하얀 손가락에 빛나는 보석 반지며 목에 걸고 있는 금목걸이, 몸을 감싸고 있는 빛깔 좋은 비싼 옷 이 갑자기 빛을 잃고 초라해져버렸다. 권태에 빠진 얼굴만이 되 살아났다.

"이상하네. 다른 사람들에겐 이런 얘기, 한 번도 한 적이 없는 데 너를 보니 그냥 술술 다 풀어지네. 너 그 바가지 머리 보니까 예전의 내 모습이 생각나서 그런가?"

동창은 인애의 머리를 다시 쓰윽 쳐다봤다. 인애는 자신의 머리에 대해서 생각해 본 적이 없었다. 임신하고 나서 편하게 관리할 수 있는 머리여서 한 것뿐인데, 동창은 마치 머리모양과 임신으로 늘어난 체중이 불행의 원인이라도 되는 것처럼 말을 하는 것이다. 인애는 어서 이 불편한 동창과 헤어지고 싶다는 생각이 간절했다. 걸리버 여행기 속 말들의 나라에라도 온 것처럼 동창의 모든 언행은 인애의 마음을 낯설고 불편하고 답답하게 만들었다.

"참 예쁘지 않나? 이 그림 속의 여자 말이야. 뮬란 닮았다. 우리도 이렇게 예쁘면 좋겠지?"

동창은 빈 주스 병을 만지며 '우리'를 강조했다. 인애는 순간 얼굴이 확 달아올랐다. 인애의 얼굴을 빤히 바라보던 동창은 갑자기 웃음을 터뜨리며 손사래를 쳤다.

"아, 아니다. 우리가 아니고 나만 말이야. 정정할게."

인애는 동창에게서 어서 벗어나고 싶었다. 예기치 않은 만남 때문에 뒤죽박죽 엉망이 된 감정을 원래대로 말끔하게 정리하고 싶었다. 그러나 동창은 물 만난 물고기처럼 인애를 놓아주지 않았다.

"니는 나보다야 훨씬 미인이지. 여자는 가꾸기 나름이야. 참 남편은 무슨 일을 하니?"

"…."

"말하기 싫음 관두고. 그저 궁금해서 물어본다."

동창은 손가락의 보석 반지를 만지작거리면서 말했다. 인애는 동창의 뻔뻔한 말투에 화가 나서, 내 앞에서 그만 사라져! 소리가 튀어나올 뻔했지만 꾹 참았다. 아무 말도 하지 않는 것으로 화가 났다는 것을 대신했다. 그러나 동창은 전혀 신경 쓰지 않았다. 오히려 조금 전보다 더 노골적으로 물어 왔다.

"설마, 워킹푸어는 아니겠지?"

동창은 인애의 옷차림새를 눈으로 슬쩍 훑어보면서 말했다. 우주를 임신했을 때 입었던 낡은 임신복을 그대로 입고 있는 인애는 순간 지독한 모멸을 느꼈다. 동창은 인애의 마음을 제 마음대로 쥐락펴락했다. 인애는 아랫배가 조금 당기는 것을 느꼈다. 스트레스 때문이다. 인애는 바람을 피웠다는 동창의 남편이 생각났다.

"그래, 적어도 바람 같은 건 안 피우는 정직한 사람이지."

인애는 동창의 두 눈을 똑바로 보면서 말했다. 동창의 새빨간 입술 한쪽이 위로 치켜 올라갔다. 인애는 그제야 속이 후련했다.

그때였다.

"엄마, 화장실 가고 싶어!"

우주가 달려와 인애의 치맛자락을 붙잡았다. 인애는 얼굴이 굳어 있는 동창에게 애 때문에 그만 가 봐야겠다고 말하며 우주의 손을 잡고 도망치듯 동창에게서 벗어났다. 나쁜 꿈을 꾼 뒤 잠에서 깨어난 것 같은 침침한 기분이 인애의 마음을 어둡게 했다. 인애는 우주를 데리고 화장실로 빨리 걸어갔다. 이런 무례한 동창 따위 먼지 묻은 손을 씻어내듯 마음에서 깨끗하게 씻어버리고 싶었다.

도서관에서 우주랑 돌아오는 길에 인애는 철수의 바지를 하나 샀다. 아침에 입고 나간 바지가 좀 낡아 보인 것이 생각나서, 마침 도서관 가까이 있는 재래시장에 들러 마음에 드는 바지를 하나 고른 것이다. 몸이 약하고 키가 작은 편인 철수에게 맞는 사이즈는 그리 많지 않았다. 가장 작은 사이즈 중에서 청색 진바지를 하나 골랐는데 입고 자전거를 타기에 편할 것 같았다. 인애는 철수가 그 바지를 입고 자전거를 타는 것을 상상해 보았다. 은회색 자전거에 잘 어울리는 색깔이다. 은회색과 푸른색, 'Paint your palette blue and gray' 아마 아침에 들었던 빈센트의 가사가 머릿속에 저장되어 있다가 색깔을 고르는 순간 스르르 재생

된 모양이라고 인애는 생각했다.

홍정을 잘 못하는 인애는 상인이 부르는 대로 값을 치르고 바지를 샀다. 부르는 대로 물건 값을 치르는 손님이 마음에 드는지 상인은 웃음이 가득한 얼굴로 바지가 든 종이 가방을 인애에게 건넸다. 우주는 종이 가방을 보자 자기가 들겠다고 떼를 쓰는 바람에 인애는 종이가방을 우주에게 안겨 주었다. 결국 제 몸보다 더 큰 가방을 안고 버스를 타다가 우주는 쾅당 넘어지고 말았다. 그래도 끝까지 그 종이가방을 놓지 않았다. 아빠의 바지가 든 가방이라고 차 안에서도 가슴에 품고 앉아 즐거워했다. 얼마나 사랑스러운 아인지, 인애는 우주 때문에 집으로 돌아오는 차 안에서 행복했다.

사장은 회식 때마다 가는 회사 근처 숯불갈비 집으로 사무실 직원들을 데리고 갔다. 열맷 명 정도 되는 직원들이 우르르 몰려가자 숯불갈비 집은 갑자기 환해지면서 모든 것이 생기를 띠고 분주해지기 시작했다. 무슨 장사든지 장사하는 집에는 항상 사람들이 붐비고, 분주한 움직임이 있어야 문을 들어서는 사람들의 마음도 한결 편안해진다. 사장의 기분은 무척 좋아 보였다. 새로운 기계를 개발하기 위해 온갖 열정을 쏟아 부었는데 정작 그 기계에 대한 반응이 시원치 않을 때 사장은 가장 허탈해진다. 지금 사장의 기분은 최상이다.

사장은 직원들 모두에게 술을 따라주면서 유쾌해 했다. 직원들과 함께 회식을 하는 일이 사장에게는 흐뭇했다. 회사라는 한 공동체 안에서 한솥밥을 먹고, 함께 일하고, 더 나은 내일을 향하여 함께 나아가는 것, 보람되고 즐거운 일인 것이다. 사장은 술이 들어가자 벌겋게 달아 오른 얼굴로 술잔을 치켜들고 회사의 발전을 위해 건배를 외쳤다. 몇 번의 건배와 서로 주고받는 술잔의 횟수가 많아지자 사람들은 모두 말이 많아지고, 마음속에 담겨 있던 말들을 와르르 쏟아냈다. 철수는 사람들에게 고기를 구워주느라 말할 사이도 없었다. 다정다감한 철수는 늘 자진해서 사람들을 위해 고기 굽는 일을 했고, 사람들은 잘 구워진 고기를 덥석덥석 입 안에 집어넣었다.

"이 주임은 고기만 굽네. 고기만 굽지 말고 술도 한 잔 하지. 술은 아직도 잘 못 마시나?"

사장이 철수를 슬쩍 보면서 안쓰럽다는 듯이 말했다. 철수는 그만 머쓱해져서 웃었다. 술을 조금만 마셔도 머리가 어지럽고, 구토증이 일었다. 사람들은 그런 철수에게 남자답지 못하다고 비웃었다.

"술도 좀 마시고 그래야 사회생활 하는데 도움이 되지. 자아, 마셔 보라고!"

사장은 한 잔 가득 찰찰 넘치도록 소주를 따라 철수에게 건넸다. 고기를 굽던 철수는 사장이 주는 술을 거절할 수 없어 잔을 받자 그냥 단숨에 삼켜버렸다. 기름이 번질거리는 사장의 얼굴에 흡족한 웃음이 번졌다.

"자, 한 잔 더 마셔."

옆에 앉아 있던 김 대리가 다시 한 잔 가득 소주를 따라서 철수에게 권했다. 사장의 눈길이 소주잔에 머물렀다. 철수는 그 눈길을 피하고 싶지 않았다. 김 대리가 건네는 술도 단숨에 들이켰다. 소주의 쓴 맛이 입 안에 가득 퍼지면서 머리와 온몸이 금세 저릿저릿해졌다.

"이 주임, 잘 마시면서 그래. 자아, 내 잔도 한 잔 받아."

이번엔 과장이 철수에게 술잔을 건넸다. 철수는 체념하는 마음이 되어 주는 대로 마셨다. 자꾸만 사장의 웃는 눈길이 술잔을 따라오는 것만 같다. 철수의 머릿속으로 횡하게 바람이 지나갔다. 사람들의 와자지껄한 목소리들이 아득하게 들려왔다. 철수는 구토증이 일어 참을 수 없었다. 비틀거리면서 화장실로 걸어갔다. 술과 담배, 고기 냄새에 목까지 메스꺼움이 차올랐다.

인애는 우주를 잠재운 뒤 혼자 밖으로 나왔다. 철수가 너무 늦어서 걱정이 되었다. 늘 비슷한 시간에 집으로 돌아오곤 하던 철수였다. 자전거를 타고 휘파람을 날리면서 유쾌하게 아파트 입구를 들어서는 철수를 인애는 우주의 손을 잡고 마중 나가곤 했다.

저녁 무렵, 회식이 있어서 늦을 거라는 철수의 문자를 받고 인애는 느긋하게 기다리고 있었는데, 10시쯤 되자 조금 늦다는 생각이 들었고 11시가 되자 갑자기 불안해지기 시작했다. 철수에게 연락을 했었지만 통화가 되지 않았다. 인애는 불안한 마음으로 휴대폰을 만지작거리며 아파트 화단 옆을 천천히 걸었다. 문득 오늘 우연히 만났던 그 불쾌했던 동창이 떠올랐다. '너, 그 바가지 머리, 남편이 좋아하니?' 동창이 물었었다. 인애는 한 번도 자신의 머리 모양에 대해서 생각해 본 적이 없었다. 임신하고 몸이 무거워지자 그저 감고 빗기에 편한 머리여서 그렇게 한 것뿐이다. 옷도 돈을 아끼느라 우주를 가졌을 때 입었던 낡은 임신복을 그대로 입었다. 그것을 철수가 어떻게 생각하는지는 생각해 본 적이 없었다. 어떤 머리 모양을 하고, 어떤 옷을 입고, 무슨 말을 하든지 철수는 항상 자신을 이해하고 사랑한다고 믿었기 때문이다. 철수를 위해서 자신을 더 아름답게 치장해 본 적이 없었다. 결혼하고 지금까지 늘 있는 모습대로 보여주면서 살아왔다.

철수는 한 번도 그런 인애를 불평하지 않았다. 그런 철수였기에 인애는 늘 철수의 시선에서 자유로웠고 편했다. 그러나 어쩌면 동창의 말대로 철수의 눈에 그런 아내의 모습이 지겨웠을 수도 있었으리라. 인애는 한결같은 철수의 마음이 새삼 고마웠다. 인애는 이런저런 생각을 하면서 화단을 몇 바퀴째 돌고 있었다.

회식을 끝낸 것은 거의 열한 시가 넘어서였다. 사장은 기분이 좋아서 이야기를 끝도 없이 쏟아냈고, 2차로 노래방에 가서 꼭 노래를 불러야 회식을 제대로 한 것처럼 생각하는 직원들은 숯불갈비집 근처 노래방에 우르르 몰려들 갔다. 노래방에서 노래를 할 때 사람들은 아이들처럼 유치해져서 온갖 감상과 자기도취에 빠져 노래를 불렀다. 그러다 시간이 끝나면 마치 무대 뒤로 사라지는 배우들처럼 서로에게 손을 흔들며 각자의 집으로 사라져들 갔다. 김 대리가 콜택시를 불렀다고 같이 타고 가자고 했지만 철수는 굳이 자전거를 끌고 가겠다며 거절했다. 위험하지 않을까, 걱정하는 김 대리에게 철수는 괜찮다고 슬쩍 손을 한번 흔들어주고는 비틀거리며 회사 쪽으로 걸어갔다.

철수는 무슨 노래를 어떻게 불렀는지 기억에 없다. 못 마시는 술, 못 부르는 노래, 회식하는 날 철수는 언제나 괴로웠다. 철수는 회사 입구 자전거 보관대를 향하여 비틀비틀 걸어갔다.

"많이 취했는데 갈 수 있겠나?"

수위실을 지키고 있던 늙은 수위가 철수를 보고 밖으로 나와서는 걱정을 했다.

"아, 아, 괜찮아요. 안녕히 계세요."

철수는 꾸벅 인사를 하고는 비틀거리는 몸으로 자전거 보관대에 세워 둔 자전거를 끌어냈다. 은륜이 외벽 등 아래서 반짝 빛을 냈다.

"오늘은 너를 타고 갈 수가 없어. 그냥 끌고 갈게 많이 취했거든."

철수는 혼잣말을 하며 자전거를 끌고 비틀비틀 걷기 시작했다. 이렇게 천천히 걸어가면 집까지 한참 걸릴 것이다. '인애가 많이 기다리겠다.' 그제야 철수는 인애가 기다릴 것이 생각났다. 주머니에서 휴대폰을 꺼내 폴더를 열었다. 꺼져 있었다. 철수는 후우 한숨을 내쉬며 바지 주머니 속에 다시 휴대폰을 넣고, 밤늦은 시간이라 차들이 더욱 속도를 내며 달리는 아스팔트 갓길로 힘겹게 자전거를 끌고 갔다. 가로수를 흔들며 불어오는 밤바람이 시원했다. 우주가 좋아하는 바람이다.

"아빠, 바람이 너무 신기해! 머리카락이랑 얼굴을 마구 간지럽게 해. 바람이 난 좋아!"

두 손을 활짝 벌리고 두 눈을 감은 채, 열어놓은 창문으로 시원하게 불어오는 바람을 안으며 신기한 듯 소리치던 우주의 모습이 떠올랐다. 우주가 보고 싶다.

'일요일에 우주랑 공원에 가서 자전거를 타야지.'

철수는 자전거를 타고 좋아할 우주의 얼굴이 떠오르자 빨리 집으로 돌아가고 싶었다. 술이 조금 깬 것 같아 자전거를 탈 수 있을 것도 같았다. 철수는 자전거 전용도로가 깔린 곳이 나타나자 아스팔트에서 자전거를 들어 올리려고 애를 썼다. 술에 취하지 않았다면 거뜬히 들 수 있었겠지만 자신의 몸도 제대로 가누기 힘든 상태에서 자전거는 너무 무거웠고, 잠깐 비틀거리다 그만 자전거와 힘께 넘어져버렸다. 그때였다. 미친 듯이 달려오던 자동차 한 대가 철수를 치고 그대로 달아나버렸다. 순식간이었다.

인애는 불안한 마음으로 철수를 기다리며 아파트 입구를 계속 서성거렸다. 어쩌다 회식이 있는 날이면 술을 못 마시면서 거절도 못 하고, 그래서 정신없이 취해서 돌아오곤 하는 철수가 안타깝고 걱정이 되곤 했었다. 인애는 왠지 자꾸만 사냥꾼의 덫에 걸린 토끼처럼 불안하고 초조한 마음이 들면서 숨이 찰 정도로 빠르게 심장이 뛰었다. 그렇게 불안해하면서 무심코 아파트 출입구의 화단 쪽을 본 인애는 깜짝 놀랐다. 새빨간 샐비어 꽃들이 살아서 움직이는 것처럼 선명하게 눈에 들어왔기 때문이다. 가로등 불빛을 받으며 짙은 녹색의 잎 위에 피를 뿜어내듯 진홍빛으로 피어있는 샐비어 꽃은 왠지 무섭고, 섬뜩했다. 인애는 피하듯이 시선을 돌려버렸다. 그리고 언제쯤 철수의 모습이 길모퉁이를 돌아서올지 초조해하면서 두 손으로 불룩한 배를 감쌌다.

"둘째 태어나면 태양이라고 이름을 짓자. 우주와 태양, 너무 멋지지 않아!"

인애의 귓가에 어디선가 철수의 유쾌한 목소리가 들려오는 것 같다.

회상

분홍 꽃무늬가 잔잔히 박힌 손수건으로 아무렇
게나 묶은 길고 검은 머리가 오른쪽 가슴께로
살짝 내려와 여자의 웃는 얼굴을 환하게 했다.

꿈을 꾸었다.

아버지께서 돌아가신 시립병원 결핵병동 담벼락에 기대서서 내가 흐느껴 울고 있었다. 꿈속에서 울었는데 눈을 떴을 때 진짜 눈가가 축축하게 젖어 있었다. 손가락 끝으로 눈물을 닦아냈다.

아버지는 삼십 년 전에 돌아가셨다. 마흔넷.

꼭 지금 내 나이만큼 살다 가셨다. 나는 이부자리에 그대로 누운 채 다시 눈을 감았다. 더 이상 잠은 오지 않았다. 잠이 사라져버린 머릿속으로 지나온 날들이 단상斷想이 되어 조각조각 펼쳐지기 시작했다.

1

붉은 벽돌로 지어진 시립병원의 결핵병동 앞에서 다섯 명의 우리 자매들이 울고 있었다. 오래 폐결핵을 앓으시던 아버지께서 위태하게 이어가던 생의 자락을 마침내 놓으시고 이 세상을 떠나가신 것이다. 운명 앞에서 늘 맥없이 흔들리던 아버지의 병약했던 삶. 화단 주위를 울타리처럼 감싸며 피어있는 보랏빛 코스모스가 바람결을 따라 이리저리 흔들리고 있었다. 가늘고 긴 울음이 지겹게 이어졌다. 울다가 문득 쳐다본 하늘은 시리도록 푸르고 맑았다. 눈물 때문에 눈이 부셨다. 아무도 우리에게 울음을 멈추라고 하지 않았다.

한 번도 아버지를 사랑한 적이 없었는데도 오래 폐결핵을 앓으시던 아버지가 고통 때문에 눈도 감지 못하고 돌아가셨다는 이야기를 할머니께 듣는 순간, 뜨거운 눈물과 함께 다섯 명의 우리 자매들은 모두 약속이나 한 듯 한꺼번에 울음을 터트렸다.

영혼이 빠져나간, 흰 천에 덮여있는 아버지의 육신은 오랫동안 병과 투쟁하느라 뼈만 앙상하게 남아 마치 긴 나뭇가지 하나가 달랑 놓여있는 듯 메마르고 허무해 보였다. 어머니께서는 울고 있는 우리에게 그만 밖에 나가있으라고 쫓아내듯 내보내셨다. 아버지의 주검 곁에 할머니를 비롯해 여자들만 있는 것이 마음에 걸린 모양이었다.

생전에 아들 하나 낳는 것이 소원이었던 아버지는 끝내 아들을 얻지 못한 채 마흔넷이라는 생을 마감하기에는 이른 나이에 세상을 떠났다. 우리 자매들은 끈질긴 병의 고통과 시름하느라 불행했던 아버지의 삶이 우리에게 유산처럼 남겨 준 가난과 서러움 때문에 눈물의 바다에라도 잠긴 듯 울었다.

고개를 들었을 때, 화단 건너편 병실에 하얀 환자복을 입은 여자가 창가에 서서 우리를 바라보고 있었다. 백지처럼 창백한 얼굴이었다. 먼데서 봐도 아주 이목구비가 뚜렷한, 긴 검은 머리와 큰 눈을 가진 아름다운 서른 초반의 여자였다.

날마다 사람들이 죽어나가는 병원에서 가족이나 지인의 사망 때문에 울고 있는 사람을 보는 것은 아주 흔한 일이다. 그런데도 여자는 마치 태어나서 처음으로 죽음을 접한 사람들이 울고 있는 모습을 보는 듯이 절망적이고도 슬픈, 낯선 얼굴을 한 채 우리들을 바라보고 있었다. 아마도 스무 살이었던 큰언니를 시작으로 다 두 살 터울로 태어난 우리 자매들이 나란히 담벼락에 기대서서 울고 있는 모습이 여자에게 애처로운 연민을 불러일으킨 모양이었다.

아버지가 계시던 병동과 여자가 있는 병동은 더 이상 손쓸 수 없는 말기 폐결핵환자들만 수용하는 곳이라고, 어느 순간 울음을 그친 큰언니가 무슨 비밀이라도 되는 것처럼 둘째 언니에게 조심스럽게 소곤거리는 것을 들으면서 나는 아마 언니들도 그 여자의 얼굴을 본 모양이라고 생각했다. 투명한 가을햇살을 받으며 바람이 부는 대로 코스모스들이 가냘프게 흔들렸다. 그렇게 애처롭게 우리들을 바라보던 여자는 천천히 눈길을 떨군 채 창가에서 사라졌다. 긴 검은 머리 때문인지 여자의 백지처럼 창백한 얼굴에 드리워져 있던 깊은 죽음의 그늘을 오랜 시간이 지났음에도 불구하고 나는 아버지의 죽음과 함께 아주 선명하게 기억하고 있다. 그리고 삶의 순간순간 문득 떠올라 나를 깊은 생각에 잠기게 했다.

2

또 신발을 샀냐고 어머니가 화를 내셨다.

직장에서 집으로 돌아오는 골목 입구에 장터가 있었다. 시장 구경하는 것을 좋아하던 나는 그냥 지나쳐 오는 법이 없었다. 저

녘이면 사람들로 북적거리는 비좁고 온갖 삶의 냄새들로 가득 찬 어수선한 시장 안을 한 바퀴 빙 둘러보고 나서야 집으로 올라가곤 했다. 물건을 사는 일은 거의 없었는데 이상하게도 신발을 파는 노점상이 있으면 꼭 멈춰 서서 신발을 고르게 되고, 결국 적은 용돈을 털어서라도 마음에 드는 한 켤레의 신발을 사게 되는 것이었다.

신발 장수는 거의 한 달에 한두 번 정도 장터에서 신발을 팔았다. 그때마다 사다 모은 신발이 신발장 안을 가득 채웠다. 가끔 박음질이 허술해서 몇 번 신으면 끈이 떨어지거나 신발 굽이 통째 떨어져 나가 며칠 못 신고 아깝게 버리게 되는 경우도 있었지만, 이상하게도 신발을 사는 그 순간 나는 형언할 수 없는 기쁨을 느꼈다. 아이들이 갖고 싶은 장난감을 사면 한동안 그 장난감만 갖고 놀면서 즐거워하듯이 비닐에 담은 신발을 들고 동네에서 꽤 높은 언덕배기에 있던 우리 집까지 힘들게 올라가는 동안 발걸음은 즐거웠고, 내 입에서는 내내 노래가 흥얼거려졌다.

어머니는 돈을 모아서 제대로 된 신발을 사지, 왜 그렇게 허름한 신발들만 사다 모으는지 도대체 이해할 수 없는 모자라는 애라고 화를 내며 불평하셨다. 나도 모른다. 왜 번번이 어머니께 꾸중을 들으면서도 신발장수 앞을 그냥 지나치지 못하는지. 어쩌다 돈이 한 푼도 없는 날은 쪼그리고 앉아서 오래 신발 구경을 했다.

여름이 되면 신발 색깔과 모양은 더욱 다양하고 재미있었다. 여자들의 슬립처럼 얇고 가는 끈으로 이어진 투명한 비닐 구두, 빗자루를 타고 날아다니는 동화 속 마녀들이나 신을 것 같은 앞이 뾰족하고 목이 긴 빨간 장화, 무당벌레 등짝같이 생긴 슬리퍼, 타는 듯 노란 해바라기 꽃을 장식으로 단 굽 낮은 검정 구두 등 구경하는 것만 해도 재미있고 인상적인 신발들이 펼쳐 놓은 자리 위에 아기자기 넘쳐났다. 겨울 신발들은 거의 검은색과 밤색, 회색 같은 어두운 색깔과 투박하고 단조로운 모양이 대부분이어서 여름보다는 보는 즐거움이 덜했다.

계절마다 많은 신발들을 샀지만 정작 내가 신고 다니는 신발은 봄, 여름, 가을, 겨울 거의 비슷한 색깔과 모양이었다. 언뜻 보면 늘 같은 것만 신는 것처럼 보여 오해를 받기도 했다.

"아가씨는 신발 사서 다 뭐 해요? 늘 같은 신발만 신고 다니니…. 안 지겨워요?"

턱수염이 덥수룩한 신발장수 아저씨가 굽이 닳고 낮은 내 검정색 구두를 무심히 내려다보다가 좀 답답한듯 말했다. 나는 괜찮다고 대답하며 웃었다. 정말 괜찮았다. 새 신을 신으면 처음 얼마간 그 신에 적응하느라 발이 무척 힘들었다. 며칠 동안 뒤꿈치가 벗겨져 피가 흐르는가 하면, 조심하며 걷는데도 발이 삐어 길바닥에 창피하게 넘어질 때도 있었고, 매순간 발끝에 힘을 주어야 하는 피곤함. 나는 무엇보다 그 피곤함이 싫었다. 여름이든 겨울이든 그저 발이 편하면 그뿐이었다. 그래서 독특하고 다양한 모양의 신발들 가운데 신어서 발이 편한 신발만 신게 되고, 남들 눈에는 늘 같은 신발만 신는 것처럼 보이는 것이다.

신발장 문을 열면 신발들은 꽃처럼 아름답게 진열되어 있었다. 그 질서정연한 신발들 대부분은 한 번도 발에 신겨지지 않아 새 것인 채로 남아 있었다. 그렇게 나란히 정돈되어 있는 신발을 보는 것만 해도 나는 왠지 자유로워지는 것 같았다. 그리고 한 해의 마지막 날 밤, 아이들을 상대로 구멍가게를 하느라 늘 고단해 하시던 어머니가 큰방에서 깊이 잠든 것을 확인한 후에, 나는 미련 없이 그 신발들을 모두 모아 옥상으로 올라가서 불에 태웠다. 타오르는 불속에서 신발들은 형태가 조금씩 뭉치며 일그러지기 시작하다가 검은 덩어리가 되었고, 춤을 추듯 난무하는 불꽃 속에서 매캐한 냄새와 함께 검은 재들을 풀풀 피워 올렸다. 어디선가 타종소리가 은은하게 들려왔다.

그렇게 한 해의 마지막 날, 나는 내가 사 모은 신발들과 함께 한바탕 축제를 벌였다. 불꽃이 다 사그라져 완전히 검은 재만 남게 될 때까지 끈질기게 타들어가는 신발들을 오래 지켜보았고, 매일같이 집과 직장을 오가며 무미건조해하던 내게 자유와 기쁨을 주었던 신발들과 그렇게 이별했다.

3

늘 집에서 떠나고 싶었다.

남편 없이 딸들을 데리고 사느라 억세어진 어머니의 얼굴과 자매들의 지나친 성실성으로부터 멀리 떠나고 싶었다. 세 명의 언니와 한 명의 동생은 다 똑똑했다. 아버지가 계시지 않아도 꿋꿋하게 살았다. 병약하고 무능력했던 아버지와는 달리 숲에서 사라는 튼튼한 느티나무처럼 굳센 어머니로부터 물려받은 성실성과 책임감은 자매들의 마음을 강하게 단련했다.

뭐든 한 번만 보면 똑같이 만들어내는 손재주가 탁월했던 큰언니는 시내의 어느 양품점에서 일을 했고, 어머니에게 든든한 집안의 맏이 역할을 했다. 둘째 언니는 독학으로 공부해서 대학에 들어갔다. 오직 타고난 머리와 자존심 하나로 교사가 되겠다는 자신의 꿈을 이뤄나갔다. 셋째 언니는 딸들 중 가장 미인이었다. 선도 안보고 데려간다는 셋째 딸답게 섬세하고 아름다웠던 아버지의 외모를 가장 많이 닮았다. 건강했을 때 아버지에게 늘 여자들이 따랐던 것처럼 언니에게는 남자들이 따랐다. 꽃과 선물과 사랑이 하나가 되어 우리 집 파란 철대문 앞을 아름답게 장식했다. 그렇게 우리 집 대문을 장식하던 많은 남자들 중 인물은 가장 못하지만 재주는 제일 뛰어나다는 곱슬머리 남자를 언니는 선택했다.

"사람 외모는 한순간이지만 재주는 영원해. 나는 인물보다는 재주를 택하겠어."

셋째 언니는 자신의 미래를 가장 행복하게 해줄 남자를 선택했다는 안도감으로 행복해했다. 어느 날 언니는 이른 아침 푸른 나무에 깃들인 새처럼 "나는 행복해!"라고 즐겁게 종알거리며 언니보다 키가 작은 곱슬머리 남자의 팔짱을 끼고 그렇게 결혼했다. 딸들 중 맨 먼저 집에서 떠나갔다. 나는 언니가 결혼했다는 사실보다 집에서 떠나가는 것이 부러웠다. 나도 떠나고 싶었다. 그러나 어떤 정당한 이유 없이 집을 떠나는 일은 있을 수 없었다. 어쩌다 친한 친구 집에서 하룻밤 지내고 오는 날이면 그날 내내 어머니에게 훈계와 비난을 들어야 했다. 아버지가 없는 딸들은 늘 조신해야한다는, 그래야만 세상 사람들로부터 손가락질 당하지 않는다는 어머니의 생각은 강한 신념이 되어 딸들을 그 말에 순종하게 했다.

4

내가 초등학교 동창이던 K를 만난 건 참으로 우연한 일이었다.

집에서 30분 거리에 있던 직장까지 나는 늘 걸어 다녔다. 집과 직장 사이에 큰 다리가 놓여있어서 늘 그 다리 위를 지나다녔다.

"너, 선주 아니야? 혹시 나 모르겠어?"

내 우산 끝을 들이 올려 얼굴을 쑥 들이밀면서 K가 말했다. 나는 걸음을 멈추고 우산 속에 나타난 K의 얼굴을 바라보았다. K의 얼굴은 하나도 변하지 않았다. 흰 얼굴에 눈빛이 깊었다. 밤송이처럼 짧게 깎은 머리, 톤이 밝은 목소리, 흰색 티셔츠에 청바지 차림. 키가 크고 메마른 몸이었다. 손에는 큰 화구가 들려 있었다. 미술에 타고난 재능이 있던 K가 예술 방면으로 꽤 이름 난 대학에 돈 한 푼 안 들이고 특차로 진학하는 행운을 누렸다는 사실을 소문으로 알고 있었다. 그런 K를 모를 리가 없었다. 오히려 평범하기 그지없던 나를 K가 기억하는 것이 신기했다.

"너를 모른다면 거짓말이지."

나는 K의 길고 깊게 파놓은 것 같은 눈을 들여다보면서 말했다. K는 나의 말에 뜻밖이라는 듯 어색하게 웃었다. 나는 습관적으로 손목시계를 봤다. 아침 출근 시간이 늦어질 것 같았기 때문이다. K는 내가 조금 초조해하는 것을 보더니 가방에서 수첩을 꺼내 전화번호를 적어주었다. 꼭 전화하라는 말과 함께. 그리고 나와는 반대 방향으로 걸어가 버렸다. 나는 K가 걸어가는 뒷모습을 잠시 바라보다가 직장을 향하여 급하게 발걸음을 옮겼다. 비가 한여름의 끝을 알리듯 제법 서늘하게 내렸다.

그날 나는 회사에 지각했고, 타자가 느려서 제때 처리하지 못한 밀린 서류 때문에 대리에게 잔소리를 들었다.

"이선주 씨, 그렇게 일하고도 월급 받나? 타자 급수가 있기는 한 거야?"

대리는 이따금 과장에게 받는 자신의 스트레스까지 더해서 내게 잔소리를 해대곤 했었다. 평소에는 대리의 그런 잔소리가 공중으로 흩어지는 담배연기처럼 공허하게 들리곤 했었는데 그날따라 무척 자존심이 상했다. 어쩌면 아침에 K를 만났기 때문인지도 몰랐다. K의 모습에서 느껴지던 당당함과 산뜻함에서 내가 오랫동안 잊고 있었던 삶의 생기를 느꼈기 때문이다. 갑자기 나 자신이 초라하게 느껴졌다. 여상을 졸업하자마자 직장생활을 하기 시작한 것이 벌써 오 년째였다. 스스로 공부해서 좋은 대학에 들어갈 만큼 똑똑하지 못했기 때문에 나는 싫건 좋건 선택의 여지없이 직장생활을 할 수밖에 없었다.

어느덧 회사에서는 퇴직금이나 축내지 말고 결혼이나 하지, 하는 나이가 되어가고 있었고 나는 전혀 결혼할 마음이 없었다. 그러나 그날, 나보다 기껏 여섯 살밖에 많지 않은 대리의 잔소리가 참을 수 없을 만큼 불쾌하고 지겹게 들렸다. 그래서 점심시간이 되기 전에 사직서를 내버렸다.

"뭐, 그까짓 일로 사직까지 하나?"

대리는 어이없는 표정을 지었다. 나는 책상 위의 장부를 비롯한 사소한 물품들을 정리하고는 대리에게 보란 듯이 휘파람을 불면서 뒤도 돌아보지 않고 사무실을 나와 버렸다. 한 달쯤 후에 와서 밀린 월급과 퇴직금을 받기만 하면 회사와는 완전히 끝나는 거였다.

5

아침에 지나온 다리 위를 되걸었다. 사직한 데서 오는 후련함과 한편으로는 엄마에겐 뭐라고 하나, 걱정을 하면서 천천히 걸어갔다. 비가 흩날리는 다리 위를 사람들이 바삐 오가고 있었다. 수레에 잔뜩 폐품을 실은 할아버지가 다리를 절면서 힘겹게 수레를 끌며 내 쪽으로 다가오고 있었다. 나는 할아버지가 지나갈 수 있도록 다리 난간에 바짝 몸을 붙였다. 할아버지의 얼굴은 온통 비와 땀으로 얼룩져 있었다. 할아버지의 삶은 수레에 실린 짐의 무게만큼이나 무거워 보였고, 하루하루 사는 것이 할아버지에게는 한낱 고통 외에는 아무 것도 아닌 것처럼 보였다. 이쪽과 저쪽을 잇는 다리처럼 그렇게 삶은 과거와 현재, 미래를 힘겹게 이어붙이며 할아버지의 의지와는 상관없이 삶을 길게 펼쳐놓을지도 모른다. 그런 생각이 들자 왠지 울컥 눈물이 쏟아졌다.

나는 다리를 건너 시내를 향하여 터벅터벅 걸었다. 스스로에게 아무 기대도 가지지 않는 것이 허탈했지만 한편으로는 자유로웠다. 비는 끈질기게 추적추적 내렸다. 내리는 비를 맞으며 중앙로에 있는 25시를 향해 걸어갔다. 그곳에서라면 좀 쉴 수 있을 것 같았다. 소아마비로 다리를 저는 서른한 살의 어자와 시인이라는 그의 애인이 함께 운영하는 찻집이었다. 음악이 좋은데다 자리가 편해서 혼자 가도 마음 편히 쉴 수 있는 쉼터 같은 곳이었다. 걷다 보니 문득 아침에 만난 K가 떠올랐다. 무척 마음이 힘든 상태에서 오늘 아침 우연히 만난 K가 떠오른 것은 의외였다. 회사에 사직서를 낼 때도 K가 떠올랐던 것이 기억났다. 꼭 전화하라는 그 애의 말 때문인지도 모르겠다. 나는 그 애에 대한 기억을 떠올려 보았다. K가 그린 그림이 어땠나? 그 애와 한 반이 된 적이 있었던가? 어떻게 그 애가 나를 기억하고 있나? 아무리 기억을 더듬어도 그 애와 공유했던 기억 같은 것은 없었다. 그런데도 K와 오랫동안 알고 지낸 것처럼 친밀하게 느껴지면서 갑자기 보고 싶어졌다.

25시에는 맞아도 좋을만큼 내리는 비 때문인지 손님들이 많았다. 25시의 분위기는 늘 밝고 활기찼다. 따뜻한 커피와 떠들썩한 목소리들이 음악에 묻혀 현실의 고단함을 잠시나마 잊게 만드는 곳이었다. 나는 25시의 이런 분위기가 좋아서 가끔씩 오곤 했다.

"선주 씨, 혼자 왔네요. 커피?"

소아마비로 다리를 저는, 긴 생머리를 한 가닥으로 길게 묶은 주인여자가 물을 가져다주면서 인사를 했다. 언제나 화장기 없는 민얼굴이 소녀같이 맑고, 미소 띤 입매가 고와 사랑스러운 여자였다. 나는 커피를 주문했다. 걸을 때마다 여자의 몸이 조금 왼쪽으로 기울면서 절룩거렸다. 여자의 절룩거리는 다리를 보자 아침에 다리 위에서 만난 할아버지가 생각났다. 힘겹게 수레를 끌고 가던 할아버지의 뒷모습이 지금 여자의 뒷모습과 겹쳐지면서 새삼 산다는 것이 슬픔을 자아냈다. 어쩌면 다리를 절거나 절지 않거나 사람들은 모두 자신도 모르는 사이에 한쪽으로 기울어져서 그렇게 조금씩 절룩거리며 살아가고 있는지도 모른다. 나는 2층 창가 자리에 앉아 그런 생각들을 하면서, 비 내리는 번화한 시내 중심가의 현란한 불빛과 오가는 사람들을 바라보았다.

비를 맞으면서 청춘들이 삼삼오오 무리 지어 몰려다니는 것이 보였다. 저 많은 청춘들이 다 무슨 생각을 하며, 무슨 꿈을 갖고 살아가는지 궁금했다. 나는 갑자기 '꿈' 이라는 단어를 떠올리자 너무나 생소해서 마음이 아렸다. 나는 무슨 꿈이 있나? 정말이지 꿈이 없이 살아온 날들이었다. 매일같이 다리 위로 집과 직장을 오가며 해가 지고, 바람이 불고, 비가 오거나 눈이 오는, 기후나 계절의 변화를 위안 삼아 그나마 시간이 주는 단조로움을 잊으려고 노력했던 안일한 삶이었다. 다리 아래로 시커멓게 마냥 흐르는 강물처럼 아무런 꿈도 없이 그냥 떠밀리듯 흘러온 시간이었다. 어떤 노력도, 기대도 가지지 않는 삶은 그저 권태로울 뿐이었다.

"선주 씨는 무슨 생각이 그렇게 많아요?"

주인 여자가 커피와 흑빵 한 조각이 담긴 쟁반을 테이블에 갖다 놓으며 말했다.

나는 여자의 말에 조금 어색해졌다. 너무 생각에 깊이 빠져있었나 보다. 어색해하는 내 얼굴을 보며 여자가 맑게 웃었다. 분홍 꽃무늬가 잔잔히 박힌 손수건으로 아무렇게나 묶은 길고 검은 머리가 오른쪽 가슴께로 살짝 내려와 여자의 웃는 얼굴을 환하게 했다. 주인 여자는 어디선가 본 듯한 얼굴이다. 화장하지 않은 맑은 얼굴 뒤에 왠지 어두운 그늘이 감추어져 있는 것 같아 바라보고 있으면 저절로 마음이 서늘해지는 그런 얼굴. 문득 아버지가 돌아기셨을 때 병원에서 우리 자매들을 절망어린 눈빛으로 오래 바라보던, 맞은 편 병실의 그 긴 검은 머리카락의 창백하던 여자 얼굴이 생각났다. 죽음, 숙명 같은 오래 잊고 있던 단어들이 이미 지나가버린 시간이 주는 아련함으로 함께 떠올랐다. 그러고 보니 그 여자와 25시의 주인여자, 두 사람이 참 많이 닮았다. 25시에 오면 어쩐지 느껴지던 친근함이나 편안함의 이유를 알 것 같았다. 아버지가 돌아가신 지 십 년이 넘었는데도 또렷하게 기억에 떠오르는, 그 아름답던 여자의 얼굴에는 여전히 죽음의 슬픔이 깔려 있었다.

벽에 걸려있는 스피커에서 'Why Worry Why Worry…' 나나 무스쿠리의 노래가 흘러나왔다. 커피를 마시면서 나는 K를 생각했다. 그 애는 어떻게 살아가고 있을까? K의 얼굴에 넘치던 생기와 자신감과 반짝이던 눈빛이 떠올랐다. 보고 싶어졌다. 나는 25시 문 입구에 있는 공중전화기로 다가가 동전을 넣고 아침에 K가 준 쪽지에 적힌 숫자대로 꾹꾹 번호를 눌렀다. 몇 번 신호음이 울리자 약간 굵고도 밝은 음성의 K의 목소리가 전화선을 타고 들려왔다.

"너, 선주구나. 어디야? 꼭 만나고 싶다."

금방 내 목소리를 알아듣고 반갑게 전화를 받는 K가 새삼 친근하고 고마웠다. 25시에서 가까운 역 광장에서 K와 만나기로 약속했다. 누굴 만나기에는 밤늦은 시간이었지만 K에게 늦게 전화한 건 나였고 무엇보다 집에 들어가기가 싫었다. 어머니의 냉정하고 무표정한 얼굴에 드리워질 그 실망을 보는 것이 두려웠다. K가 역 광장에서 만날 수 있겠냐고 했을 때 나는 선뜻 그러겠다고 대답했다. 25시에서 역까지는 20분 정도의 거리였다. 나는 25시를 나와 천천히 역 쪽으로 걸어갔다. 비 그친 밤하늘이 푸르게 펼쳐져 있었다.

6

밤 10시가 훨씬 지난 시간인데도 토요일 역 광장에는 사람들로 붐볐다.

대낮의 분수같이 환한 웃음을 터트리며 팔짱을 낀 친구나 연인들이 광장을 서성거리며 기차를 기다리거나, 한가하게 벤치에 앉아 시원한 밤바람을 맞으며 시간을 보내고 있었다.

나는 천천히 광장을 걸어 다녔다. 이따금씩 불어오는 바람이 많이 걸어서 더워진 얼굴과 몸을 시원하게 씻어주었다. 역에는 밤과 낮의 구분이 없다. 언제나 떠나거나 돌아오거나 기다리는 사람들로 북적댄다. 역 광장에 우뚝 멈추어 서서 바람을 맞고 있자니 떠나고 싶다는 생각이 절로 났다. 나는 늘 떠나고 싶어 했으면서도 정작 몇 년간이나 기차를 타고 어딘가로 떠난 적이 없다는 사실이 생각났다. 이곳에 역이 있다는 것조차 잊고 있었다.

역 광장 시계탑 아래에서 풍선을 팔던 아저씨가 집으로 돌아가는지 자전거를 끌고 나섰다. 통 안에 매단 색색의 풍선들이 바람에 이리저리 날리며 하늘로 날아가고 싶어 아우성을 치는 것 같다. 나는 풍선을 보자 슬며시 웃음이 나왔다. 저녁 무렵 동네 골목에서 시간 가는 줄 모르고 놀던 꼬마 녀석들이 엄마 손에 끌려 억지로 집으로 돌아가는 뒷모습과 닮아 보였기 때문이다. 아저씨가 사라진 굴다리 쪽에서 K가 오는 것이 보였다. K는 아침에 입은 그대로 흰색 면 셔츠에 청바지 차림의 간편한 차림새였다. 큰 키에 메마른 몸매가 두드러져 보이게 하는 청바지가 어울리지 않을 것 같으면서도 잘 어울렸다. 어깨에 멘 가방을 반대편으로 고쳐 메며 K가 성큼성큼 내 쪽으로 걸어왔다. K는 내 앞에 멈춰 서서 손을 내밀었다. 나는 K의 말라서 딱딱한 긴 손을 잡았다. 얼굴과는 달리 나무껍질을 만진 느낌이 들 정도로 K의 손가락들은 여위고 말랐다. "정말 반갑다!" K는 잡은 손에 힘을 주었다. 손이 아팠다. 나는 슬그머니 손을 뺐다.

"많이 기다렸나? 오늘까지 꼭 마무리할 그림이 있어서, 미안해."

K는 진심으로 미안한 표정을 지었다. 나는 괜찮다고 말했다. 그리고 덕분에 모처럼 광장에서 무척 즐거웠다고 추신처럼 덧붙였다.

"다행이네. 대합실 안으로 들어가자. 사실 오늘 너에게 전화가 오면 꼭 함께 여행을 가자고 하고 싶었어. 이상하게 들리겠지만 아침에 다리 위에서 너를 보는 순간 같이 여행을 가면 참 좋겠다고, 그런 생각을 했어. 그래서 온종일 전화가 오기를 기다렸고 좀 늦긴 했지만 전화를 걸어온 너에게 역에서 만나자고 한 거야. 내가 너무 엉뚱하다고 생각하겠지?"

K가 계단을 올라가면서 말했다.

나는, 나도 정말 떠나고 싶었다고 말하려다가 그냥 "뭐, 좋은 생각인데." 하면서 웃었다. 문득 하루가 뜻밖의 일들과 생각들로 가득 차서 마치 투명한 유리 너머로 내 것이 아닌 다른 사람의 삶을 들여다보는 것 같다는 착각이 들었다. 나는 K와 함께 대합실 안으로 들어갔다. K가 매표구에 가서 부산행 통일호 두 장을 끊어왔다. 12시 10분 출발이었다. 출발까지는 1시간 정도 남았다.

나는 배가 고팠다. 하루 종일 제대로 먹은 것이 없었다. K도 배고픈 얼굴이었다. 늦게까지 일했다면 제대로 식사할 시간도 없었을 것이다. 나와 K는 포장마차에서 우동을 먹었다. 뜨끈한 우동 국물 때문에 얼굴에 흐르는 땀을 손으로 쓱쓱 닦아내면서 후루룩후루룩 면발을 삼켰다. 마치 함께 자주 우동을 먹은 것처럼 먹는 속도도, 땀을 훔치는 손놀림도 너무나 비슷했다. 단숨에 우동 한 그릇을 비우고 나서 우리는 서로의 얼굴을 쳐다보고 웃음을 터뜨렸다. 오직 먹는 데에만 집중한 그 동물적인 본능이 새삼 즐겁고 유쾌하게 느껴졌다. 공중전화기 옆에 있는 커피자판기에서 커피 두 잔을 뽑아 들고 K와 함께 벤치에 앉았다.

어디선가 바람이 시원하게 불어왔다. 한 떼의 비둘기들이 날아와서 우리가 앉은 벤치 주위를 종종거리며 걸어다녔다. 나는 커피를 마시면서 잊고 있던, 아니 잊으려고 노력했던 어머니를 생각했다. 어쩌면 걱정하고 계실 것이다. 지금쯤 잠들지 못한 채 문밖을 서성이거나 혹시 울릴지 모를 전화기에만 마음을 쏟고 계실지도 모른다. 아니면 어머니 특유의 강하고 냉정한 성격으로 마음을 더욱 걸어 잠그고 그따위 딸 하나 없는 셈 치고 편히 주무시는지, 나는 문득 궁금해졌다.

병약하고 아름다웠던 외모를 가진 아버지 때문에 늘 불행했던 어머니의 생애. 아버지가 원했건 원하지 않았건 간에 아버지의 삶 대부분은 여자들과 병으로 얼룩진 것이었기 때문이다. 딸들만 다섯을 낳은 어머니는 그것만으로도 무슨 죄나 진 것 같이 장남이었던 아버지께 늘 미안해했다. 아버지가 회사 업무상 사람들과 만나는 술집에서 혹은 거리에서 우연히 또는 의도적으로 함께 쾌락을 즐겼던 여자들이 술 취한 아버지와 나눈 짧은 인연을 못 잊어 우리 집을 찾아와 아버지와 살겠다고 억지를 부릴 때면 어머니는 특유의 쌀쌀한 표정을 지으며 씹듯이 조용하게 말했있다.

"난 이 집에 아무 미련이 없어. 자네가 들어와 우리 애들 키우면서 살 자신이 있으면 들어와서 살아, 내 나가 주지."

여자들은 아름다웠던 아버지의 외모에 반해서 찾아왔다가 가난한 살림에다 올망졸망 딸린 다섯 명의 아이들과 어머니의 차가운 눈초리에 그만 슬그머니 억지를 내려놓고 달아나버렸다. 그런 일이 있어도 어머니는 아버지에게 어떤 말도 하지 않았다. 내 기억 속의 어머니는 그렇게 강했다. 그런 어머니에게 나는 기쁨이 되고 싶었지만 언니들과는 달리 늘 턱없이 모자라고, 그래서 걱정스러운 존재일 뿐이었다. 나는 어두운 밤하늘을 쳐다보며 긴 한숨을 내쉬었다. K가 왜 그래? 하는 표정으로 나를 바라보았다. K의 길고 선명한 눈이 어둠 속에서 반짝 빛났다.

"엄마 생각이 나시…. 연락을 안 했거든."

내 말에 K가 의아하다는 표정을 지었다. 마치 네 나이가 몇 살인데 아직도 그런 데 얽매여 있나, 하는 것 같다. 나는 K에게 오늘 다니던 회사를 관두었고, 그 사실을 알면 어머니께서 마음 상해하시리라는 것을 이야기했다. K는 또다시 의아하게 나를 바라보았다.

"네 자유야. 직장을 관뒀다는 건 다른 무언가를 새로 시작할 수 있다는 것이고, 그만큼 네게는 다른 가능성이 열려져 있다는 것을 의미해. 잘했어. 아마 어머니께서도 너를 이해해주실 거야 충분히. '이 세상의 모든 어머니들은 딸들을 가장 잘 이해하는 법'이라고 어느 책에선가 읽은 기억이 나. 어머니께 전화 드려, 걱정 안 하시게."

K는 역 광장에 있는 전화 부스를 가리켰고, K의 손가락이 나를 밀어내기라도 한 듯 나는 자리에서 엉거주춤 일어나 전화 부스를 향해 걸어갔다. 신호음이 떨어지자마자 어머니께서 전화를 받으셨다. 기다리고 계셨던 모양이다. 집에 못 들어간다는 말에 어머니는 아무 대꾸도 안 하셨고, 나는 죄송하다는 말과 함께 수화기를 내려놓았다. 부스 밖으로 나오는데 왠지 마음이 쿵쿵 뛰었다. 어디선가 불어온 바람이 더운 이마를 시원하게 씻어주었다.

"전화하니까 한결 마음이 편해졌지?"

K의 목소리에 따뜻함이 묻어났다.

한때 초등학교 동창생이었다는 것 외에 K는 나와 아무런 관계도 없는 아이였지만 이상하게도 K의 말에는 오래 사귄 사람만이 줄 수 있는 깊은 이해와 신뢰를 느끼게 했다.

"그런데 너는 나를 어떻게 기억하니? 난 그저 아주 평범한 아이였는데 말이야."

나는 K에게 아침부터 궁금해 하던 것을 물었다.

"아! 그건, 너는 아주 특별한 분위기를 가진 아이였지. 너 자신도 미처 깨닫지 못하겠지만 네 모습에는 사람을 끄는 묘한 것이 있어. 마치 여러 가지 다양한 색깔들이 섞여서 하나의 독특한 색깔을 만들어낸 듯한 그런 모습. 그건 지금도 마찬가지고. 무엇보다 넌 시를 잘 썼잖아 요즘도 시 쓰나?"

나는 K의 말에 깜짝 놀랐다. 초등학교 때 교지에 몇 번 실린 적이 있던 내 시를 기억하고 있다니…. 시라는 말이 생소하게 느껴질 정도로 나는 시와 먼 거리에서 살았다. 시는 내 것이 아닌, 다른 재능 있는 사람들의 전유물로만 여겼었다. 꽤 명문이었던 상업학교를 다니는 동안 내내 강물 위를 부유하는 나뭇잎처럼 학교와 친하지 못하고 겉돌았다. 도서관에 불이 꺼질 때까지 새파랗게 눈빛을 빛내며 열심히 공부하던 똑똑한 아이들 속에서 나는 늘 교과와는 거리가 먼 소설책에 머리를 파묻고 있었고, 독서에 빠져있는 동안만 내가 살아있다는 것을 느낄 수 있었다.

졸업을 하고 직장생활을 하면서 독서조차도 완전히 잊고 살았다. 더구나 내가 시를 쓴 적이 있다는 사실은 기억조차 하지 않았다. 모든 것이 권태롭기만 했다. 그런데 시라니…. 내게 그런 열망과 개성이 있었던 적이 있었나? 새삼 가슴속에 따뜻한 그리움

같은 것이 밀려왔다. 꿈을 잃어버리고도 잃어버린 것이 무언지조차 모른 채 살아온 날들이었다. 나뭇잎을 흔들며 불어온 바람이 머리카락 사이사이에 파고들어 더운 목덜미를 시원하게 했다.

"오늘 아침 다리 위에서 너를 봤을 때 너무 기뻤어. 우산 속에 있는데도 네 얼굴을 단번에 알아봤거든. 얼마 전에 군 제대했고, 복학할 동안 화실에서 일하는데 바빠. 재미있어. 좋아서 하는 일이니까. 어쨌든 아침에 다리 위를 걸어오는, 생각에 깊이 잠겨 있는 네 얼굴 보면서 어릴 때와 똑같다는 생각이 들었어. 너무 반갑고 기뻤어. 화실 일로 그 근처에 갈 일이 없었다면 결코 너를 만날 수는 없었을 거야. 전화하지 않으면 어떡할까, 종일 많이 기다렸어."

K의 한마디 한마디가 내게 용기를 주었다. 나는 오랫동안 말이 주는 따스함을 잊고 살았다는 생각이 들었다. 정말이지 사람을 귀히 여겨주는 K의 말에는 전혀 가식이라고는 없이 오직 따뜻한 진심만이 느껴졌다. 그래서 참으로 오랜만에 사람과 사람 사이의 우연한 만남이 가져다준 예기치 않은 풍요로운 감정의 소통과 정겨움 때문에 마음 깊은 곳에서 기쁨이 샘솟듯 넘쳐났다. 고단하고 무의미했던 삶이 생기를 띠고 빛날 것 같은 예감으로 차올랐다.

K와 나는 역 대합실을 향하여 발걸음도 즐겁게 걸어갔다. 기차 시간이 다 되었기 때문이다. K가 왼손을 내밀었다. 나는 K의 손을 잡았다.

"손이 참 작다."

K가 웃으면서 말했다.

인생에서 신에게 가장 감사한 일이라면 K를 만난 것이다. K를 만난 이후 내 인생은 참으로 많이 변화했다. 지금 그가 어디서 무엇을 하며 살고 있는지는 알지 못한다. 다만 수년 전에 파리로 유학을 갔다는 소식을 스쳐 들었을 뿐이다. 오랜 시간이 지났음에도 그의 따뜻한 눈빛과 목소리는 여전히 내 가슴속에 작은 물결이 되어 이따금 고요히 흔들린다.

이런 밤, 슬픈 꿈을 꾸거나 지나온 시간들이 모두 그리움이 되어 물결치는 이런 밤에는 그저 가슴에 두 손을 모으고, 아침이 밝아올 때까지 눈을 감은 채 생각 속으로 더욱 깊이 빠져드는 수밖에.